Verleid door verlangen - Verboden aanraking

Afdruk

Titel van het boek: Verleid door verlangen - Verboden aanraking
Auteur: Daniel Martinez

© 2024, Daniel Martínez
Alle rechten voorbehouden.

Auteur: Daniel Martinez
Contact: ireact898337@gmail.com

Verleid door verlangen - Verboden aanraking

Geschreven door
Daniël Martínez

Indië
2024

INHOUD

Hoofdstuk 1

Hoofdstuk 2

Hoofdstuk 3

Hoofdstuk 4

Hoofdstuk 5

Hoofdstuk 6

Hoofdstuk 7

Hoofdstuk 8

Hoofdstuk 9

Hoofdstuk 10

Hoofdstuk 11

Hoofdstuk 12

Hoofdstuk 13

Hoofdstuk 14

Hoofdstuk 1

Zoals gewoonlijk is er veel te doen in de modebranche, komen er veel bestellingen binnen en moet ik veel dingen doen. Ik ben een jonge manager van nog maar 23 jaar en enorm succesvol. Het is maar goed dat het al vrijdag is en later op de avond willen Emma en ik graag naar de club in Seattle om mijn prestaties daar te vieren. Emma is mijn beste vriendin. We hebben al sinds onze kindertijd contact en niets kan ons ooit uit elkaar halen. "Mevrouw Bennett, er is een oproep voor u op lijn 2. Mevrouw Connor", klinkt de stem van mijn secretaresse door de luidspreker van de telefoon, wat mij doet glimlachen. 'Bedankt, denk ik,' antwoord ik terwijl ik mijn hoorn opneem voordat ik op de schakelaar druk om lijn 2 te bellen. 'Nou, Emma, waar denk je aan?' ' vraag ik haar voordat ik me naar het raam draai en uit het raam staar. "Ik ga je nu ophalen Madison en jij legt je werk neer, want je gaat over drie uur naar de club", reageert ze blij, ik moet glimlachen en ze hangt op.

In minder dan 10 minuten staat ze breed glimlachend op mijn werkplek en plaats ik de mappen die ik zocht in de kledingkast. Emma is ongeveer van mijn leeftijd, ze heeft donker haar dat lang en donker is, ze is 1,73 m lang en heeft grijze ogen. Ze is slank en draagt een spijkerbroek, een oversized wollen trui en loafers. Ter contrast: ik ben 1,70 millimeter lang, met kort, roodbruin haar en slanke, groene ogen. Ik draag de lichtrode outfit met rode sandalen met hoge hakken. "Ben je klaar?" Mijn beste vriendin staart me aan, pakt dan mijn sjaal en jas en geeft me de spullen. "Ja, ik ben Emmchen." Ik trek de warme kleding aan en Emma kan mijn armen in de mijne slaan. 'Dan gaan we binnenkort naar huis om wat te eten en ons dan aan te kleden. De nieuwe club moet op bezoek.' De glimlach staat op mijn gezicht en we nemen de lift naar de ondergrondse parkeergarage en lopen dan naar mijn auto, de zilvergrijze Skoda. Met een druk op de knop open ik de auto. We gaan samen naar binnen en als we vastzitten, rijden we terug naar huis.

Ons kleine gedeelde appartement. Als we reizen, praat Emma zonder punten of komma's, terwijl ik in stilte zit terwijl ik op de weg let. Na een half uur zet ik mijn auto op mijn normale parkeerplaats, stappen we uit en lopen richting de deur aan onze voorkant. "Eerlijk gezegd werd ik uitgenodigd voor deze nieuwe club door een jonge man genaamd Noah", erkent Emma als we het huis binnenkomen. Ik trek mijn hakken aan en kijk een beetje geschokt naar mijn vriend die ik in eerste instantie ben. "En waarom kom ik hier nu pas achter?" Terwijl ik op antwoord wacht, ga ik naar de keuken om met het espressoapparaat een espresso macchiato te maken. 'Nou, ik dacht dat als je er eerder achter zou komen, je niet zou gaan en dat hij zijn broer Ethan ook zou meenemen.' 'Ah oké en aangezien je niet alleen wilde zijn, vooral niet met twee mannen, dacht je dat je ze samen met mij wel zou kunnen ontmoeten.'

"Ja precies. "Ben je boos op mij?" Emma glimlacht, ik pak het kopje op en bijt op mijn lippen. Het is een gewoonte die ik al sinds de zesde klas heb. Als ik ergens aan denk of me zorgen maak, Ik zal het doen. "Nee, ik ben zeker niet boos en als het belangrijk voor je is om met mij mee te gaan op je volgende date, dan ga ik met je mee naar het feest." Dan danst ze rond in de badkamer waar ze kort daarna doucht. Terwijl ze wat kerstliederen zingt, gaan we naar de woonkamer om voor ons allebei een hapje Chinees te nemen. Daarna pak ik de post open en blader door de inhoud. Emma komt uit de badkamer voordat de bezorger komt, trekt haar badjas aan en gaat door met zingen. Nog maar twee weken voordat het Kerstmis is. Ik eet onze maaltijden en ons bestek op, zij haalt het op in de keuken.

"Dan moet je snel onder de douche springen en dan gaan we ons allemaal verkleden." Ik staar naar Emma terwijl we op de bank zitten en pasta beginnen te eten. "Ontspan altijd Emmchen. "We hebben nog tijd", verzeker ik haar. Emma is extatisch en kijkt uit naar haar eerste date met Noah. "Misschien is Ethan iets voor jou." "Probeer het niet eens

Emma! Je brengt me niet in een relatie met een man.' Dat zou ik nooit doen, Maddy. Je doet het zelf wel. Zoek dus een vriend.' "Goed en houd je eraan, anders verdwijn ik snel." Emma lacht en knikt en we eten stilletjes onze noedels en ik ga naar de badkamer. Dan trek ik de werkkleding uit, loop de badkamer in en geniet van een lange douche. De spanning neemt af. Ik was mijn lichaam grondig en mijn haar wordt gewassen.

Na ongeveer een half uur ben ik klaar, wikkel mezelf in een roze donzige badjas, föhn mijn haar en breng dan make-up aan. Daarna style ik het haar en doe het op, dan draag ik mijn sieraden en ga naar mijn slaapkamer op zoek naar een avondjurk die lichtblauw is. Ik draag het samen met mijn hoge hakken, en ondergoed is kanten ondergoed dat een beetje donkerder blauw is. 'Ben je klaar, Maddy? 'We moeten eindelijk op pad gaan of lopen, zodat we op tijd bij de club kunnen zijn en de twee mannen niet te lang moeten laten wachten,' stelt Emma voor. Ik trek mijn jas aan en draag de blauwe tas met daarin geld, sleutels en mobiele telefoon, en samen het appartement verlaten.

Emma was een beetje ongerust toen ze naar buiten ging en in het begin was ze stil, en ik vond het enigszins geruststellend. Na een korte tijd bereikten we de nieuwe locatie van de club , en we mochten meteen naar binnen en kregen toen onze jassen.

Dan slaat Emma haar arm om mij heen en kan diep ademhalen, en loopt met mij mee de kamer in op de schetterende muziek. Er zijn overal dansers die over hun lichaam wrijven en lijken dronken te zijn. Aan de linkerkant is een etablissement dat alcohol en niet-alcoholische dranken schenkt, terwijl je aan de rechterkant op een zwartleren bank kunt zitten en voor ons staat een enorme geluidsinstallatie met DJ. Emma kijkt even om zich heen, ze lijkt Noah snel te hebben ontdekt en trekt me door de dansende menigte. We arriveren vóór twee jonge mannen. De linker staat op en verwelkomt Emma met een knuffel. Dat is Noach. Hij is ongeveer 1,83 meter lang.

De gespierde man heeft lange bruine lokken en blauwe ogen. Hij is gekleed in zwarte shirts met een zwarte spijkerbroek en zwarte schoenen. "Hallo Emma, leuk dat je er bent. "Mag ik je voorstellen aan mijn broer Ethan?" Hij begroet ons en wijst naar de tweede jongeman, die op de bank ligt en ons rustig gadeslaat.

Ethan is 1,85 m lang, gespierd en groter dan zijn broer. Hij is klein met blond haar en goudbruine ogen. Hij draagt witte overhemden en een blauwe spijkerbroek. Hij draagt ook zwarte schoenen. "Ethan, dit zijn Emma en haar beste vriendin Madison", stelt Noah ons voor. Ethan glimlacht en kijkt naar de dansers. 'Jullie blijven allebei rustig zitten en ik trakteer jullie op een drankje. Wat voor soort drankjes zouden dames het liefst hebben?' Emma en ik kijken elkaar aan en mijn lieve vriendin lacht naar me. "Ik wil graag een fruitcocktail", antwoordt ze terwijl ze op de bank zit en zich ontspant. 'Ik wil graag een martini, alstublieft.' "Natuurlijk de dames." Noah verdwijnt in de menigte. Ik zit met Emma op de bank en raak Ethan bijna aan. Maar hij kijkt me aan met een zucht van droefheid in de tegenovergestelde richting terwijl hij zijn benen over elkaar slaat en ik vanuit mijn hoek kijk hoe hij zijn linkerhand in de vorm van een vuist blijft balde.

Na een korte tijd komt Noah terug, draagt de drankjes en zet de drankjes in de eetkamer, voor ons gezicht. We bedanken hem allemaal en nemen dan tegelijkertijd onze glazen en drinken een glas uit de flessen. Noah gaat naast Emma zitten en slaat zijn armen om haar heen, en ze beginnen te kussen. Ik knijp mijn ogen samen van ongenoegen, observeer het danspaar en neem de tijd om diep adem te halen. "Was jij gedwongen om hier ook te komen?" Ik begin een gesprek met Ethan en draai me dan naar hem toe en hij glimlacht. Ik slaak een zucht, terwijl ik nog steeds mijn glas in de hand houd en naar de dansvloer staar. "Kan je praten?" vraag ik hem, terwijl ik naar Ethan staar terwijl ik op antwoord wacht. 'Ik praat niet zo vaak met kletskousen als jij,' antwoordt Ethan uiteindelijk. Ik knijp mijn ogen tot spleetjes, dronk de martini naar binnen en zette het lege glas op tafel

en sta op. "Waar wil je heen Maddy?" Vraagt Emma aan mij, ik pak mijn tas en kijk haar aan.

"Als je mij zoekt, ik zit aan de bar, want ik hoef me niet door zo'n klootzak te laten beledigen", antwoord ik met een glimlach, draai me dan om en loop naar de bar, waar ik op een bankje zit. barkruk die zwart is. Dan plaats ik een bestelling voor pure wodka, neem deze meteen mee en consumeer alles in één keer. Ik bestel dan nog een fles, neem de hele fles en drink mezelf dan dood in een poging mijn woede jegens Ethan te overstemmen. Dit is het. Mannen zijn varkens. Maar Koning Arthur is de machtigste en kroont ons allemaal eenvoudigweg. Naarmate de tijd verstrijkt, heb ik meer gedronken dan ik kon en dan verlaat ik de club met Emma. Terwijl mijn voeten pijn doen in de hakken van mijn schoenen, trek ik zonder gedoe mijn schoenen uit en houd ze stevig vast terwijl ik zoemend naar huis sprint. Als ik eindelijk bij de deur kom, leunend tegen de muur, en zoek naar de sleutel in mijn tas. Het duurt even, maar ik doorzoek de tas en na wat lang zoeken lijkt, vind ik de sleutel. Ik probeer deze in het gat te steken, maar ik kan hem niet vinden, en uiteindelijk gooi ik zelfs de handdoek in de ring.

'Je grootste vriend heeft gelijk gehad. Je kunt niet alleen weggaan. 'Vooral als je helemaal dronken bent en naar een hele bar ruikt', klinkt de stem van Ethan naast me. Ik kijk hem aan en draai mijn hoofd weg. 'Fuck weg, jij moordenaar! "Jij bent het beste voorbeeld van hoe mannen echt het laatste zijn," schreeuw ik terwijl ik de sleutel in het slot probeer te steken, maar deze belandt op de grond, en ik vloek luid. Ethan bukt zich, pakt de sleutel en houdt deze in zijn rechterhand. "Wilt u mij alstublieft de sleutel geven?" "Ik denk dat ik je meeneem en ervoor zorg dat er niets met je gebeurt, anders doe je jezelf pijn", zegt hij, trekt me aan mijn linkerhand en begeleidt me naar een zwart-zilveren BMWi8. 'Je ontvoert me niet,' roep ik, terwijl ik me losmaak uit zijn greep, van mijn voeten glijd en in de sneeuw gleed. Ethan hurkt.

Ik sta voor hem. Ik zie dat zijn ogen op mij gericht zijn, en hij lijkt een beetje beschaamd. Ik moet zijn glimlach onder controle houden. 'Wees dus voorzichtig Maddy.

Noah, Emma en ik hebben elkaar ontmoet en besloten om jou mee naar mijn huis te nemen. Mijn huis is waar je een schone lei kunt krijgen en ik zal je niet aanraken op een manier die ongepast is, omdat je niet mijn soort meisje bent. Wil je daarom nu een fatsoenlijk meisje zijn en met ons meegaan?' Ik kijk hem weerzinwekkend aan, en dan doe ik een stap naar voren en pak mijn spullen die ik stevig kan vasthouden naar me toe. 'O, jij bent niet mijn soort persoon. Ik ben waarschijnlijk blij, aangezien jij meer van domme Barbies lijkt te houden die geen verwaande kalkoenen zijn.' mompel ik. Ethan doet het passagiersportier open en ik glip in het autostoeltje. Als de deur dicht is, loopt Ethan om het voertuig heen. en rijdt al snel. "Doe alstublieft uw veiligheidsgordel om, want veiligheid staat voorop." Ik volg met tegenzin zijn instructies, zet de verwarming aan en start vervolgens moeiteloos de weg en rijdt richting Vancouver. We komen echter niet op deze locatie omdat hij op een gegeven moment een straat inslaat en voor een enorm huis stopt.

"Dit is jouw villa?" Vraag ik hem, maak mijn riem los en kijk door het raam. "Ja, dit is mijn villa", zegt hij en stapt uit. Vervolgens loopt hij de auto in en wacht tot ik de deur opendoe. Terwijl ik naar buiten ga en nog steeds gedesoriënteerd ben door alle alcohol, knort mijn maag op een vreemde manier. Terwijl Ethan de auto vastzet, ga ik zitten en denk na over mijn maaltijd en eten. Wat is de reden dat ik zoveel drink? Dit was absoluut niet mijn ding. Ethan komt naar me toe en geeft me een schort. Ik bedank hem en veeg mijn mond schoon. Ik houd mijn spullen vast en loop dan samen met Ethan door de voordeur. Ik ben gefascineerd door het tafereel. Het huis is wit en al versierd voor Kerstmis.

Naast de zilvergrijze BMWi8 en BMWi8 zijn er de diepblauwe AudiR8 en een Mercedes BenzW205. Ethan is degene met de voordeur.

ruimdenkend, schakelt over naar het licht en loopt weg om zijn voetstappen te volgen. Alles binnen is ongelooflijk, de deur gaat achter me dicht en ik kijk om me heen, mijn mond open.

Hoofdstuk 2

"Wauw! Je villa is ongelooflijk! Je moet wel zo rijk zijn", roep ik uit, terwijl ik volkomen nuchter mijn omgeving in ogenschouw neem. Ethan lacht droog terwijl hij de trap oploopt en in een linkergang verdwijnt, mijn hoge hakken thuis achterlatend voordat ik in mijn eentje een deur opende om terug te keren zoals we kwamen - om vervolgens snel met geweld in zijn armen te worden genomen door Ethan die me vastgrijpt rond mijn middel voordat hij me over zijn schouders gooide om weer door hem naar binnen te worden gedragen, terwijl hij ons allebei binnen opsloot terwijl hij ons allebei achter ons opsloot voordat we verder de trap op gingen.

"Ethan kwam een kamer binnen en liet me uiteindelijk in de steek en nodigde me uit om nieuwsgierig rond te kijken. Daarin bevond zich een enorme slaapkamer met een immens tweepersoonsbed van donker decoratief hout met aan één kant donkerrode satijnen lakens die het bedekten. Aan de andere kant van de kamer stond een witte deur, ernaast waren grote kasten en donkere gordijnen die elk raam bedekten en sloot zijn kamer achter deze witte deur. Ik trok mijn hoge hakken uit voordat ik aan een kant van de kamer ging zitten bed om luid te gapen voordat ik mijn hoofd tegen het hoofdeinde liet rusten, zwaar zuchtend en één oog wijd open van opluchting. Ethan was nog niet thuis, dus zakte ik in de kussens en viel onmiddellijk in slaap. Terwijl de tijd wegtikte en de uren verstreken, uiteindelijk Toen ik zaterdagochtend wakker werd, was mijn bed heel zacht geworden en er bewoog iets in de buurt, maar ik lette er niet op toen iets me dichter in een warm lichaam trok, waardoor ik bijna weer in slaap viel - totdat er iets in mijn hersenen klikte en me mijn ogen deed openen naar de goudbruine ogen van Ethan die me vanaf de andere kant van de kamer aanstaarden.

Schreeuwend en wegrennend pakte ik snel een deken om mezelf te bedekken voordat ik snel teruggleed naar Ethan - die op dat moment helemaal naakt was! Mijn blik dwaalt over zijn strakke en gespierde bovenlichaam. Terwijl ik langs zijn strakke buik beweeg, stopt mijn blik plotseling op zijn penis! Dat is gewoon ongelooflijk! Er verschijnt snel een blos op mijn wang en ik knijp mijn ogen tot spleetjes voordat ik me omdraai en vraag: "Zou je het erg vinden om je aan te kleden, en zou je naakt slapen goed vinden?" Hoe kon ik vergeten zijn mijn mooie cocktailjurk te dragen toen je hier was? met mij van alle mensen?' Ik haalde uit, maar hij begon ook te lachen - om mij!! Toen mijn klacht eindelijk wegebde, lachte hij nog harder ten koste van mij! Toen Maddy weer begon te klagen, viel er een stilte tussen ons en de zijne. Zijn donkere stem maakte eindelijk zijn aanwezigheid voelbaar en ze begonnen allebei tegelijk tegen mij te lachen. Toen Maddy zich eindelijk op haar gemak voelde om haar chique cocktailjurk weer aan te trekken, ging de deur open en werd alles weer stil!

Terwijl ik diep ademhaal en snel de jurk aantrek, verschijnt Ethan snel weer in mijn slaapkamer, gekleed in een spijkerbroek, blauw shirt en zwarte schoenen - vergelijkbaar met gisteravond in de club. Zodra ik volledig aangekleed ben, verschijnt hij weer in dezelfde kleding als voorheen: spijkerbroek, blauw shirt en zwarte schoenen als voorheen. 'Ik zal iets voor je maken als ontbijt en zodra je ervan hebt genoten, breng ik je naar huis,' zei hij tegen me, terwijl hij de slaapkamerdeur opende en openhield zodat ik er doorheen kon stappen. Nadat ik mijn kleine tas had meegenomen, liet ik hem achter om hem rechtstreeks naar de keuken te volgen. Ethan was iets speciaals aan het koken in deze grote, moderne keuken met ontbijtbar. Ethan opende de koelkast, haalde er eieren, sinaasappelsap, margarine en jam uit en zette alles op een tafel. Hij begon eieren te roerei voordat hij sinaasappelsap in een glas schonk, twee sneetjes roosterde en koffie zette!

Ethan haalt er een roereimengsel uit en serveert het op een bord, zodat ik er later van kan genieten.
Zodra mijn ontbijtbar klaar staat, staat hij zwijgend voor me om me een voorbeeld te geven over hoe ik elke dag goed kan beginnen. "Eet nu! Je hebt dit nodig voor de best mogelijke start", zegt hij serieus terwijl ik mijn glas sinaasappelsap neem en een slok neem voordat ik het weer op zijn plaats terugzet, mijn bestek eruit haal en aan mijn ontbijtmaaltijd begin. Ethan dronk stilletjes koffie en staarde uit het raam toen zijn mobiele telefoon ging. Het enige wat hij zei was: 'Excuseer mij even', voordat hij zijn telefoon tevoorschijn haalde en opnam zodra hij de keuken verliet. Mijn oren spitsten zich terwijl ik doorging met ontbijten terwijl ik naar hun gesprek luisterde: "Ja, dat denk ik wel Noah. Ja, doe dat voor mij en het zal zeker snel gebeuren - blijf op de hoogte - tot dan". Toen het gesprek eindigde, kwam Ethan bij me terug zonder te weten dat ik had meegeluisterd.

Zodra ik klaar was, zorgde hij ervoor dat hij alles zelf opbergde voordat hij even naar boven verdween en later terugkwam met een witte winterjas, sjaal en lichtbruine, zachte winterlaarzen die ik mocht houden. 'Hier, zodat je niet bevriest,' legde hij uit terwijl hij ze aan mij overhandigde om aan te trekken. "Ik kan dit onmogelijk volhouden. "Dan krijg je ze wel terug", protesteer ik. Ethan trekt een wenkbrauw op, wat me ertoe aanzet automatisch op mijn onderlip te bijten voordat Ethan verbaasd met zijn ogen rolt over mijn daden en vraagt wat ik doe. wat ik aan het doen ben: bijt of kauw ik op mijn onderlip. Als ik dat antwoord hoor, begin ik er weer op te kauwen terwijl Ethan sarcastisch met zijn ogen rolt: "Hou daarmee op!" "Je gaat je lip verpesten!" met een ferme stem en ik trek als reactie een wenkbrauw op. Zodra hij thuiskomt, zal hij me niet meer zien,' gromde ik terug naar hem. Ethan trekt zijn warme jas aan, pakt de sleutels van zijn Mercedes BenzW205-auto en leidt me naar binnen voordat hij hem start en richting mijn huis in de stad rijdt.

We hadden een rustige, niet-drukke reis. Toen we onze bestemming snel bereikten, maakte ik mezelf los en knikte bedankt naar Ethan voordat ik snel naar de voordeur van mijn huis van bestemming liep.
"Oh Maddy," roept Ethan tegen mij terwijl ik mijn sleutel eruit haal en ook uitstap. Hij vervolgt zijn opmerkingen met: "Oh Maddy, we zullen elkaar zeker nog vaak zien nu Noah en Emma aan het daten zijn", maar geeft me dan de middelvinger terwijl ik de deur opendeed en me naar hem toe draaide met één vinger omhoog om Ethan te geven mijn kenmerkende middelvingergroet: "Fuck you Ethan! Nooit, " waarop Ethan lachend antwoordt dat zijn ogen fonkelen voordat hij tegen mij zegt: "Dat merk ik Maddy. Op een gegeven moment ga ik je likken!" En daarmee vloek ik luid voordat ik samen richting Emma en ons gedeelde appartement ga.

Zodra ik binnenkwam, maakte ik mijn laarzen los, trok mijn jas en sjaal uit en werd opgewacht door het gegiechel van Emma in de keuken. 'Houd Noah tegen! Wat als Maddy verschijnt?' riep Emma uit voordat ik in zicht kwam en antwoordde dat ze maar moest stoppen met glimlachen omdat Maddy waarschijnlijk zou verschijnen. Emma werd rood als tomaat toen ik dit zei en vroeg snel hoe het met Ethan ging: heb je een leuke nacht gehad of niet. Zodra deze vraag werd gesteld, rolde ik met mijn ogen en liep naar mijn slaapkamer waar ik eerder een opgevouwen stuk papier had bewaard, wachtte op ontdekking. Ik vouwde het open voordat ik mijn tas leegmaakte voordat ik uiteindelijk de hele inhoud eruit haalde voordat ik het eindelijk leegmaakte. leegmaken voordat hij naar de slaapkamer ging, waar het een opgevouwen papier leek met daarin iets interessants dat opdook: het bevatte informatie over Ethan; daarom uitgerold en grondig gelezen wat betreft de bron ervan.

BDSM (Bondage and Discipline, Dominance and Submission, Sadism and Masochism) verwijst naar een overkoepelende term die een assortiment van voornamelijk seksueel gedrag omvat, waaronder dominantie/onderwerpingsrelaties, maar ook speelse straf-/plezierpijnspellen of bondage-activiteiten.

Ik staar naar een vel papier. Daarachter bevindt zich nog een andere, die afbeeldingen toont van dominante en onderworpen individuen; Slaven. Er staat wat tekst onderaan geschreven; Ik slik en lees dat ook.

'Fijne dag, Madison. Ik hoop dat deze informatie niet al te veel ongerustheid heeft veroorzaakt.

Ethan Caviness!" Ik staar wezenloos naar het stuk papier voor me, geschokt, in een poging te begrijpen wat dat zou kunnen betekenen. Was Ethan een autoritair figuur die graag zijn macht over anderen gebruikte door fysieke middelen te gebruiken, zoals zweepslagen? Toen ik de twee stukjes papier weggooide, stond ik op en trok nieuwe kleren aan, zodat de jurk eindelijk in de wasmand kon. Zodra ik mijn slaapkamer verliet, zat er al een verloofd stel samen op een bank naar een dvd-film te kijken samen. "Hoe oud is Ethan?", vraag ik aan Noah, en hij reageert door weg te kijken van de film, mij recht aan te kijken en te antwoorden: "Ethan is 26 en werkt voor een technologiebedrijf als de jonge baas van hem." eigen technologiebedrijf dat de nieuwste technologische snufjes zoals tv's, dvd-spelers, Blue Ray-spelers, tablets en mobiele telefoons op de markt brengt, hoewel hij geen partner meer heeft (hij had er ooit een, maar ging uit elkaar nadat ze uit elkaar gingen), Ethan blijft dominant en geeft graag bevelen. Ik werk samen met Ethan in zijn bedrijf als zijn partner en bied advies en ondersteuning. Bovendien ben ik een jaar ouder dan hij. Wilt u meer details?"

'Nee, dank je. Het enige wat ik wilde was zijn leeftijd.' Emma lacht wild en laat mijn zicht niet los terwijl we over Ethan praten. Als Noah rechtop gaat zitten en nadenkend weer op zijn hoofd krabt. Emma vraagt naar Ethans ex-partner Nathalie Anderson (24), van wie Ethan dacht dat hij van hem hield, maar zich alleen bekommerde om het geld dat op zijn bankrekeningen stond; waarna Ethan dit feit snel genoeg opmerkte en het onmiddellijk met haar afbrak; sindsdien is Ethan extreem voorzichtig geworden als het om vrouwen gaat,' vervolgt Noah met uitleggen; Emma wordt absoluut geschokt door zijn woorden, terwijl Noah zich hardop tegen Noah zelf begint uit te spreken vanwege de vele dingen die hij zegt (Ethan is geschokt).
Mijn beste vriend heeft medelijden met Ethan. Eerlijk gezegd: ik ook; toch blijven we gewoon samen films kijken zonder een woord over onze gevoelens te zeggen.

Er is iets heel erg mis met mij; Sinds ik Ethan heb ontmoet, bevinden mijn emoties zich in een onvoorspelbare achtbaanrit. Ik geef echter niet meer veel om hem en wil hem niet meer zien; zijn arrogantie, opschepperij, dominantie en aandringen op het geven van bevelen hebben mij gek gemaakt! "Wees nu eerlijk! Het lichaam van Ethan is behoorlijk indrukwekkend en je zult hem misschien behoorlijk heet vinden," spoort mijn innerlijke stem haar aan, voordat ik de controle overneem en opsluit in de kerker waar ik haar opsluit zonder dat er een sleutel is achtergelaten!

"Maddy, Emma heeft ons morgen uitgenodigd voor de lunch - dat is geweldig!" onderbrak Emma terwijl ik dacht dat ik klaar was met nadenken voor vandaag. Toen Emma hem opnieuw onderbrak met "We gaan morgen samen Maddy. Wat bedoel je met wij? Ik ben niet Ethan's vriendin, minnaar of speeltje", reageerde ik door op te staan en naar de keuken te gaan om een latte macchiato voor mezelf te maken voordat ik die nam. weer terug in de leunstoel en accepterend. Maar nee bedankt; Ik blijf liever hier en eet pizza.' 'Oh nee Maddy! Je mag hier onder geen beding alleen blijven en jezelf morgen volstoppen met fastfood!' riep Emma uit zodra we het er allemaal over eens waren, zonder verder argument van een van de betrokken partijen. Uiteindelijk stemde ik ermee in.

'Goed. Jij wint en ik ga met je mee en vind rust en stilte.' Ze giechelde. Ik trok een wenkbrauw naar haar op voordat ik antwoordde: 'Je kunt echt niet gered worden, Emma; brave meid? Word je nu dominant? Probeer me niet te domineren of te trainen; nooit,' mopperde hij als antwoord.
Emma giechelde. Ik glimlachte terug. Emma keek naar Noah voor advies. Noach antwoordde kort; Emma draaide zich weer om. Emma glimlachte opnieuw voordat ze vroeg wat ik morgen wilde dragen? Waarop ik zwijgend antwoordde; we bleven allemaal in stilte aan iets anders denken. "Geen probleem Maddy," legde Noah kort uit voordat Emma me aankeek met droefheid in haar ogen en weer rechtstreeks naar Ethan keek voordat hij zijn antwoord overtuigender maakte door te suggereren dat Ethan zich zo gedraagt vanwege slechte ervaringen die hij met Nathalie heeft gehad; daarom komt zijn afwijzende karakter voort uit eerdere ervaringen waardoor hij arrogant en afwijzend overkwam tegenover andere vrouwen in vergelijking met hem voordat zijn gedrag jegens Nathalie zijn afwijzendheid veroorzaakte en dat is de reden waarom Ethan zich zo gedraagt! "Geen probleem Maddy," antwoordde Noah voordat Emma me recht aankeek voordat ze vroeg wie ze morgen nog meer zou dragen, terwijl ze in stilte bleef nadenken over andere mogelijkheden totdat we uiteindelijk samen tot een besluit kwamen en we allebei aan iets anders dachten en het gesprek op gang hielden door iets te zeggen vergelijkbaar en wat zeg je? "Ik weet het niet." Onze stilte gaf ons alle tijd voor nadenken en nadenken.

Hoofdstuk 3

Zondagochtend werd ik vroeg wakker toen er iets door het appartement rommelde en er luid gevloek klonk. Nadat ik mezelf onder mijn dekens vandaan had gegraven en de deurbel had opengedaan, kwamen er stemmen van binnenuit naar buiten. "Nee Maddy slaapt nog, maar ik denk dat ik haar wakker heb gemaakt," merkte Emma op terwijl ze snel mijn slaapkamer verliet en naar de keuken ging, waar ze het koffiezetapparaat aanzette voordat ze een kom ontbijtgranen uit mijn kast haalde en vulde. Daarna volgde koffie, kort daarna kwam er melk en al snel zat ik aan de keukentafel in stilte te genieten van het ontbijt. "Goedemorgen Maddy!" riep Emma. Ik keek op mijn klok en vloekte innerlijk; half negen was voor mij eerder dan normaal - Emma was meestal ook nog niet op en onze huiskamer was nog niet gevuld met twee rijke mannen - allemaal typische zondagse bezigheden!

"Man Emma! Het is zondag half negen en hier lig ik nog rustig in bed te slapen!" "Ben ik het al vergeten?" vroeg Emma met een geïrriteerde toon in mijn stem. "Je bent uitgenodigd voor de lunch!" drong mijn beste vriendin aan terwijl zc terug de woonkamer in stormde om een gesprek te beginnen tussen haarzelf en een groep aanwezige jonge mannen. Binnen 10 minuten was ik klaar met ontbijten, zette de vaat in de vaatwasser, haalde verse kleren uit mijn slaapkamerkast en liep regelrecht naar de badkamer. Ik doe de deur op slot, trek schone kleren aan - wit kanten ondergoed, een spijkerbroek en een witte trui met het label er nog aan - voordat ik een lange douche neem om mijn huid grondig te wassen en make-up op te doen. Ten slotte, terwijl ik mijn tanden poets, mijn gezicht was en mijn korte haar kam, gevolgd door wat make-up, ga ik met Emma, Jaxson en Emma aan tafel zitten, waar Emma vertelt dat ik er prachtig uitzie, voordat ik weer met hen allemaal ga lunchen. 'Heel chique Madison. 'Je ziet er echt goed uit,' merkt Emma op terwijl ik glimlach en ga zitten.

'En nu? We hebben nu een relatie.' Ik trek mijn schouders op, pak de zondagskrant en blader door de pagina's. "Oh, mijn bedrijf heeft over drie dagen een evenement voor hun nieuwe collectie; mijn secretaresse heeft alles georganiseerd. Zij heeft het gedaan", merk ik op voordat ik met een glimlach mijn krant weer neerleg en Noah achterlaat met de vraag wat mijn leeftijd was, zodat we kunnen Ik besprak op mijn 23e het runnen van een modebedrijf. Ik draaide me naar hem toe en knikte instemmend, waarbij ik opmerkte hoe geïnteresseerd Ethan was in wat er werd gezegd. Ik keek me recht aan terwijl ik aandachtig luisterde terwijl ik hem het probleem uitlegde. Ethan zag er weer geweldig uit! Een donkerblauwe spijkerbroek, zwarte lakschoenen en een zwart shirt accentueren zijn ongelooflijke lichaamsbouw, waarbij zijn haar er uitzonderlijk warrig uitziet. "Ja, zij leidt. Madison Young Fashion Collection toont lentemode. Ik weet dat ik het wil. Hoe dan ook, ik ben van plan erbij te zijn als het evenement plaatsvindt - neem gewoon Noah mee."

"Ik zal dit zeker niet missen, aangezien ik kleding uit deze modecollectie draag", zegt Noah. Ik glimlach, sta op en zoek een geschikte tas waarin ik mijn sleutels, portemonnee en mobiele telefoon veilig bewaar. Emma, Noah en Ethan hebben sjaals en jassen aan; Ethan draagt er een uit mijn collectie, terwijl Emma, Noah en Ethan warme winterlaarzen aantrekken, sjaals om hun nek binden en witte winterjassen aantrekken die Ethan als cadeau heeft gegeven. Noah doet de deur van Emma's appartement open en houdt deze open, en glimlacht diep terwijl hij eerst samen met Ethan en mij naar buiten loopt. Toen Emma naar buiten was gegaan, deed ze de deur achter hen op slot voordat ze samen met Noah de trap afdaalden; Ethan en ik volgden ons voorbeeld naar buiten, waar we merkten dat het weer was gaan sneeuwen; toen ik bij mijn voordeur drie treden naar beneden probeerde af te dalen, raakten mijn voeten onder me los, waardoor ik er bijna regelrecht in terechtkwam!
Ethan reageert onmiddellijk snel, pakt me bij mijn rechterarm en houdt me stevig vast zodat ik mezelf geen pijn doe. Met zijn hulp loop ik langzaam naar zijn auto waar Noah en Emma al achter mij zitten; Helaas moet ik in plaats daarvan naar de passagiersstoel gaan. Ethan nam het stuur van zijn BMWi8 over en zodra hij instapte, reed hij weg. Voordat ik kon reageren, maakte Ethan nog een opmerking die schokgolven door mijn lichaam veroorzaakte: "Wees voorzichtig waar je de volgende keer stapt!" Vol ongeloof draai ik me naar hem toe: "Waar heb je het over, ben je gek of zo?" Mijn mond viel open; wat een ongelofelijke uitspraak! Ik dacht zeker dat iemand Ethans moeder inmiddels had vermoord! 'Wacht, wacht,' was het enige wat ik kon uitbrengen voordat ik eruit flapte: 'Wacht, wat is er gebeurd?' "Wacht, waar heb je het over?! Hoe kan dit gebeuren?" Ik dacht: nee!" En zo begon onze volgende ontmoeting: Ethan reed weg zonder afscheid te nemen; Ethan werpt me een snelle blik toe en rijdt weer weg, schijnbaar mijn waarschuwingen niet begrijpend. Als hij niet stopt met rijden, reik ik naar mijn contactslot sleutel en zet hem uit - plotseling stop ik abrupt midden op de weg - terwijl ik mezelf losmaak en uitstap voordat ik terugloop zoals we gekomen waren.

Terwijl ik me omdraaide, pakte Ethan me bij de arm, draaide me rond, hield beide armen met één hand achter mijn rug terwijl hij zijn vrije hand gebruikte om met de andere mijn kin vast te pakken en kuste me hard met beide lippen. Hete hitte stroomt door mijn aderen terwijl mijn bloed pulseert. Bliksemschichten prikken over mijn huid terwijl er een prettig trekkend gevoel in mijn buik was. Ethan liet los en keek aandachtig toe nadat hij zich had teruggetrokken. "Kus me nooit meer!" Ik siste terug in zijn gezicht voordat ik me van hem afwendde en richting mijn auto liep. Madison is een onvoorspelbare wilde kat wiens bestaan ik begin te herkennen. Ethan vertelde me kort: "Maak je geen zorgen; ik zal je temmen en het zal geweldig voelen", dus ik spotte met hem voordat ik snel terugkeerde naar mijn stoel met mijn veiligheidsgordel om. Ethan nam de tijd om weer in zijn eigen auto te stappen, maar maakte zich uiteindelijk langzaam vast voordat hij doorreed naar zijn ouders - en dat allemaal terwijl hij bewust glimlachte terwijl ik mijn armen voor mijn borst hield en met lege blikken uit het raam keek.

'Dus ik kijk er erg naar uit om je ouders te ontmoeten,' begint Emma terwijl ik diep ademhaal. Toen Emma vroeg of ik zenuwachtig was, antwoordde ik ja terwijl Ethan de auto buiten een nabijgelegen garage parkeerde. de auto ontgrendelt Ethan met een druk op de knop; het huis van zijn ouders was van normale grootte, had een bescheiden voortuin en was feestelijk versierd, want Kerstmis naderde snel en ik keek ernaar uit om tijdens de feestdagen mijn ouders in Phoenix te bezoeken. Toen ik daarheen vloog, haalde mijn vader me op van het vliegveld. Noah leidde ons helemaal naar hun huis, waar hij opende en naar binnen ging, waarna we allemaal zijn voorbeeld volgden - het interieur zag er extreem modern uit, terwijl alles er van binnen extreem schoon uitzag; en sjaals, terwijl ze jassen achter de deuren uittrokken voordat ze een vrouw hoorde zeggen: 'We zijn in de woonkamer'. Haar stem volgen leidde ons naar hun ruime woonkamer.

In de hoek staat een grote boom. Kerstversieringen die het versieren zijn verspreid, terwijl zachte klassieke kerstmuziek op de achtergrond speelt. Er staat een slanke vrouw van 1,70 meter voor met kerstverlichting in haar hand. Ze had lang bruin haar en lichtblauwe ogen en droeg een donkerblauwe broek, witte pantoffels en een rood en groen gestreepte kersttrui met kerstmotief. Noah introduceerde Olivia Caviness als onze moeder; ze werkt als arts in het Seattle Hospital. Olivia komt naar Emma en mij toe en geeft ons allebei tegelijk een berenknuffel, waarmee ze ons allebei welkom heet in Caviness Emma en Madison. "Doe alsof je hier thuis bent en noem me Olivia, het klinkt tenminste niet te oud", begroet ze ons terwijl ze ons recht aankijkt en stapt dan opzij als er een lange man van ongeveer 1,85 meter verschijnt met kort zwart haar en bruine ogen in een spijkerbroek, bruine pantoffels en dezelfde trui als Emma draagt.

Olivia stelt hem voor als Jacob Caviness, haar geliefde echtgenoot en baas van een autobedrijf. Jacob begroet ons vrolijk en lacht hartelijk.

"Noem mij maar Jacob, want dat is het gemakkelijkst", stelt hij voor, en we glimlachen en knikken instemmend. Olivia vroeg Emma en mij vervolgens of we de boom samen wilden versieren - waarop Emma ja zei, terwijl ik meteen toestemde: "Heel graag!" "Dit was zo leuk toen ik jong was!" ' antwoordde ik terwijl ik lichten rond de boom begon te rijgen. Emma pakte een paar kerstballen om in de boom te hangen, terwijl Noah buiten in de kou bleef staan om hout te verzamelen dat we allemaal konden gebruiken bij de kerstversiering. Vanuit mijn ooghoek zag ik Ethan in de deuropening staan, leunend tegen de deurpost, met de armen over elkaar geslagen, kijkend naar Emma en mij die onze boom versierden. We hadden allebei veel plezier met rommelen en samen lachen. Emma overhandigde de boomklapper aan mij voordat ze een aantal stappen achteruit deed.

'Bedankt,' roep ik tegen Ethan terwijl mijn hart plotseling sneller begint te kloppen. Nee? Ohhh nee! Echt niet! Nooit! Nooit, maar dan ook nooit, wil ik verliefd worden op deze engerd! Zodra Emma hielp met lege dozen om mee naar beneden te nemen, draaiden we snel weg. Olivia doet de kerstverlichting in haar woonkamer aan voordat ze naar Jacob loopt en hem stevig vasthoudt met een arm om zijn schouders. Noah komt later terug met hout voor de open haard voordat hij in de voetsporen van zijn vader treedt en deze zelf aansteekt. Ethan en ik staan dicht bij elkaar, de armen over elkaar geslagen, en kijken omhoog naar de kerstboom. Olivia merkt op dat het er dit jaar bijzonder prachtig uitziet voordat ze weer naar ons kijkt en vraagt: "Oh, zijn jullie niet samen?" Iedereen draait zich naar ons toe en ik bloos meteen bij haar vraag.

"Nee, dat zijn we niet. Net als Emma," reageren Olivia en Jacob snel als ik antwoord, en werpen zich dan om ons heen zodra we ons van Emma afwenden.
Jacob werpt één blik en lacht veelbetekenend naar Emma en Noah voordat hij zegt: "Oh, maak je er geen zorgen over; alles komt goed als jullie snel bij elkaar komen", waarop ik geschokt reageer terwijl Emma giechelt naast Noah die breed lacht. en vraagt: "Is het eten klaar, mama?" "Ja! Laten we er een paar nemen!" Jacob antwoordt met nog een wrange opmerking voordat hij naar Noah wijst, die weer breed grijnst. "Oh... is het eten klaar mama?" "JEP." Ethan verandert snel van onderwerp terwijl Olivia liefjes lacht voordat ze naar de keuken loopt en roept: "Lieverd, help me alsjeblieft hier, want ik ga niet alleen de tafel in de eetkamer dekken!" Jacob knipoogt naar ons voordat hij ons achterlaat om zijn vrouw te helpen met het dekken van de tafel in de eetkamer. "Wanneer vlieg je terug naar huis?" vroeg Emma, terwijl ze mijn blik van de boom afwendde. Nadat hij had geantwoord, glimlachte Noah vriendelijk voordat hij naar haar toe kwam en aanbood naast Emma te komen staan.

"Kom naar ons oudejaarsfeest! Onze ouders plannen een fantastisch evenement en Emma en Noah zijn allebei uitgenodigd", informeert Noah mij, terwijl ik gespannen op mijn onderlip bijt om geen oogcontact met hem te maken. Als ik weiger, zo redeneert hij, zul je me uitputten totdat ik ermee instem om ja te zeggen? " Alle drie knikten, zelfs Ethan. Uiteindelijk gaf ik toe en zei tegen hen allemaal: "Ja, oké - laat dit oudejaarsfeest maar achterwege, laten we iets eten en val me niet meer lastig met dit oudejaarsfeest!" "Ja, ik ook - en bovendien ruikt het hier heerlijk.' Emma voegde eraan toe. Noah glimlachte groots voordat hij zijn hand uitstak terwijl het eten binnen werd geserveerd. Emma pakte zijn rechterarm toen ze samen de eetkamer binnenkwamen. Emma giechelde terwijl ze door Noah werd weggeleid naar de eetkamer. kamer bij Noah, die haar hand pakte en haar daarheen leidde met zijn riem naar de eetkamer.

Ethan stond nog steeds naast me terwijl ik Emma en Noah tegen zich aan zag knuffelen, dus ik haalde diep adem. Eenmaal in de eetkamer ging ik recht tegenover Emma staan, die naar me knipoogde, voordat ik tegenover Ethan ging zitten, die naast me ging zitten. Er leek iets mis te zijn; Emma en Noah leken van plan iets speciaals voor ons te plannen, terwijl Ethan naast me ging zitten - terwijl we samen in stilte aten. Emma blijft me blikken geven die wijzen op het potentiële gevaar dat voor ons ligt. Ik weet wat ons te wachten staat.

Hoofdstuk 4

'Noah heeft ons nogal wat verteld en jij woont in een appartement van gemiddelde grootte. Terwijl we samen in de woonkamer zitten, heeft Olivia warme chocolademelk en gebak klaargezet, en de open haard knettert vrolijk van het vuurlicht.' Ach ja, zei Olivia; het appartement voldoet perfect aan onze behoeften." "Jacob en ik wilden je het huis ernaast geven als vroeg kerstcadeau." Emma kon het echter niet accepteren en hield vol dat het niet zou werken; Jacob gaf toen meteen de sleutels zodat we kunnen gaan kijken. Kom nu kijken. Hier is het." Emma en ik wisselen een wezenloze blik uit, staan op en verlaten ons huis, dat op onze intrekdatum tegenover het huis van Ethan lag. 'Oké, Maddy! Laten we dit huis nog wat verder verkennen voordat we samen onze definitieve beslissing nemen.'

Terwijl ik naar Emma kijk en diep ademhaal, volg ik haar naar ons nieuwe huis. Het is een adembenemende schoonheid, geschilderd in een warme beige kleur; omgeven door een wit palissadehek en aan weerszijden omzoomd met rozenstruiken. Terwijl we voor de voordeur staan, pak ik mijn sleutel en ontgrendel hem voor haar. Emma was erg nieuwsgierig en ik besloot te volgen. Heldere kleuren trokken meteen mijn aandacht, de entree is groot en twee kamers aan weerszijden - respectievelijk eetkamer en keuken, salon/woonkamer - konden ons allemaal gemakkelijk huisvesten! Op de bovenverdieping waren er twee slaapkamers, twee badkamers, een kleine bibliotheek en een logeerkamer. Bij de trap was een doorgang naar een groot terras en een tuin compleet met zwembad; Emma wilde er meteen intrekken! Ik keek op van het staren in het zwembad naar Emma, die ondanks mijn aarzelingen snel ja zei: het heeft voor mij geen zin om nee te zeggen.' 'Zeg tegen niemand dat ik dit heb gezegd.' 'Het zou ook geen enkel nut hebben manier? Rechts?"

Emma begint te stralen als ze me bij de arm pakt en me als een knuffeldier terug hun huis in sleept. 'Ja,' roept Emma enthousiast uit, terwijl ze Noah een hartstochtelijke kus op beide wangen geeft terwijl we onze weg vervolgen om samen te gaan wonen. Ze konden zich geen ander scenario voorstellen. 'Ethan en ik zullen helpen met inpakken en rijden, wat het proces zou moeten versnellen', oppert Noah, tot niemands verrassing, inclusief hijzelf, totdat Ethan tussenbeide komt: 'Ik heb morgen een afspraak en ik kan niet helpen', wat zijn ouders keken hem aan terwijl Noah breed glimlachte: 'Dat is oké, we kunnen dit wel zonder jou aan. Nadat we 's middags een tijdje samen in de woonkamer hadden gezeten, reed Noah ons allemaal terug naar huis.'

Terwijl ik naar de sleutel van mijn voordeur zoek, fluisteren Emma en Noah elkaar hun zoete liefdesbekentenissen toe en wisselen ze tedere kusjes uit. 'Ik zie je morgen, konijnenoren,' fluisterde Emma terwijl ik mijn voordeur opendeed; ja, tot morgen, mijn ster, schijn!' hoorde ik Emma bevestigen terwijl ik het voor de tweede keer opende: er volgt nog een laatste kus voordat Noah in zijn auto stapt en wegrijdt de duisternis in. Emma benadert mij als eerste als ik de gang van ons appartement binnenkom Vraag: "Wanneer denk je dat je konijn morgen bij ons op bezoek wil komen?" vroeg ze terwijl ik ter voorbereiding mijn winterlaarzen uittrok. "Ik stelde voor dat hij rond half elf aanbelde, aangezien je dan wakker bent Hoe dan ook. Heel attent van je konijnenoren!' 'Emma trekt een grimas en steekt haar tong uit; graaft dan haar klauwen in mijn peuter.' Haal alle dozen uit de opslagruimte. Ondertussen ga ik terug naar mijn kamer, open mijn grote kledingkast, en als Emma me een paar dozen geeft, pak ik ze in en sluit ze allemaal goed voordat ik mijn spullen opruim. bureau om al onze bedrijfsdocumenten in de resterende dozen te stoppen voordat we verder gaan met onze nieuwste collectie. "Wat ben je aan het doen, Maddy Emma vraagt me geïnteresseerd." zijn deze keer voor de collectie.

Emma staat in de deuropening van mijn kamer en kijkt naar mij toe voor een antwoord op haar vraag over mijn werkleven. 'Werken', kondig ik kort daarna aan.
Emma stond achter me, keek over mijn schouder en zei tegen Madison: "Het is zondagavond! Laten we pizza bestellen, een film zoeken en met een glas wijn op de bank kruipen. Morgen zal er meer werk komen!" Emma pakte haar telefoon, belde onmiddellijk de pizzabezorgservice en plaatste de bestelling terwijl ik al mijn bestanden opsloeg, mijn MacBook sloot en inpakte om op te bergen. Al snel voltooide Emma haar bestelling en danste mijn kamer uit, luid zingend voor Noah terwijl ik luide liedjes hoorde zingen: 'Een ster die jouw naam draagt... Hoog in de lucht...' maar in plaats daarvan kreeg ik mezelf bij elkaar, dus ging ik eruit. wat rode wijn in plaats daarvan en verliet zijn gezelschap toen ik haar luid hoorde zingen in de keuken...!" Ik besloot Noah niet te bellen om deze aankondiging niet te horen, maar zette mezelf terzijde en ging druk bezig om mezelf te organiseren om wat rode wijn op te halen. in plaats daarvan uit de koelkast!

"Maddy, ik kijk zo uit naar de voorjaarscollectie aanstaande woensdag. Er zullen weer zoveel mensen zijn en je kassa zal vrolijk rinkelen!" "Ja Emmchen. En je kleine konijnenoren gaan zeker ook mee?" Bij de vermelding van "konijnenoren" flitst ze rood en dekt de salontafel, geknield voor haar dvd-plank om haar film te selecteren. Nadat er twintig minuten waren verstreken, ging mijn deurbel; Ik nam haar geld aan, betaalde mijn rekening bij het ophalen van mijn pizzabezorger en kreeg de betaling terug toen mijn bestelling arriveerde. Emma staat naast me, pakt de bovenste pizzadoos, opent hem, sluit haar ogen en inhaleert de geur met gesloten ogen. Emma kondigt aan: "Pizza Hawaï met veel kaas" voordat ze zichzelf op de bank laat vallen en haar eerste sneetje verslindt. Toen de film begon (het was een Bollywood-film genaamd Live and Don't Think Tomorrow), ging ik met Emma mee, ontkurkte mijn fles wijn en deelde die onder ons beiden, terwijl Emma nog een stukje van haar pizzataart verslond.

Uiteindelijk richtte ik mijn aandacht op mijn pizza - gehaktpizza met veel kaas erop - die vervolgens hartelijk werd gegeten terwijl ik de kaas op mijn tong smolt en met mijn ogen rolde van genot. "Wat een leuk meidenavondje uit. Pizza, rode wijn en Bollywood-films kijken met liefje."
Emma glimlachte blij terwijl ze nog een slok uit haar glas nam en achterover op de bank leunde om te boeren. Terwijl we samen lachten en de borden en lege pizzadozen van het avondeten opruimden, moedigde Emma me aan om precies dat te doen en kort daarna was ze erg tevreden met zichzelf en het leven in het algemeen. Toen het allemaal voorbij was, porde ze me zachtjes in mijn zij, terwijl ze ook lachte, en herinnerde me eraan hoe ver ik was gekomen terwijl ze op haar beurt boerde! Tegen bedtijd, toen ik terugkeek op mijn dag, was ik echt tevreden.

Hoewel Ethan me wel aanraakte, was dat alleen maar om de ster op zijn plaats bovenop de boom te zetten. Mijn hart klopte bij zijn aanraking; mijn huid kroop van verrukking bij elke aanraking die eroverheen ging; mijn maag beefde, maar iets in mij voelde lichter bij die aanraking en huiverde warm terwijl ik me afvroeg of Ethan iets heeft opgemerkt? Heeft hij mij voor zich gewonnen als een soort pakketdeal? Vindt Ethan Caviness mij ook echt leuk? Dit was volkomen belachelijk; Ethan is een van de meest weerzinwekkende individuen die ik ooit heb ontmoet! Zo snel zette ik die gedachte uit mijn hoofd, maakte mijn hoofd leeg en viel uiteindelijk in slaap. 'Laat het niet vallen Noah! Er staan foto's in.' 'Beloof het mijn prinses, ik zal er heel voorzichtig mee omgaan.' Emma en ik glimlachten naar elkaar voordat we hem naar zijn auto volgden. Maandag was uitzonderlijk koud geweest; De temperaturen waren tot onder nul gedaald en er waren maar weinig mensen op straat. Emma overhandigde Ethan haar volgende doos, kuste zijn wang voordat ze zich van mij afwendde met mijn hoofd naar beneden: 'Dus Ethan wilde ons niet helpen?' Ik rolde met mijn ogen.

Voordat Noah kon reageren, verscheen Ethan. We stopten, zodat hij dichterbij kon komen. Toen zijn blik in mijn ogen keek en in de mijne drong, versnelde mijn hartslag,

waardoor al het andere minder interessant werd; Emma en Noah raakten onderdeel van een onbelangrijke achtergrond; de tijd leek stil te staan...
Alsof iedereen in de kamer naar ons beiden staarde als in een liefdesfilm, bewogen Ethans lippen zonder dat ik begreep wat ze bedoelden - volle lippen die wachtten om door mijn handen gekust te worden; zijn haren deden pijn om door mijn vingertoppen geaaid te worden. "Luister je?" was mijn herhaalde vraag voordat ik uiteindelijk weer in beeld kwam met de realiteit en enigszins verward met mijn ogen naar Ethan knipperde. Toen hij een wenkbrauw optrok om mij verder aan te spreken, vroeg ik alsof ik vuil was op zijn dure schoenen! "Nee?" was zijn antwoord - zoals elk gesprek zou moeten plaatsvinden voordat ik vol ongeloof wegging.

Mijn hart stopte zo snel met kloppen terwijl mijn hartslag aanzienlijk vertraagde; zonder een woord te zeggen of me er zorgen over te maken of de man achter mij hem volgde, pakte ik een doos, draaide me snel om, pakte hem weer op en kwam bijna in botsing met deze denkbeeldige zwaan. Zonder geluid te maken druk ik de doos in Ethans hand, schiet hem neer met mijn ogen en vlucht naar mijn slaapkamer waar ik mijn handtas, MacBook en BlackBerry pak voordat ik terugkeer naar de woonkamer waar Ethan even verschijnt voor een korte blik voordat hij weer verdwijnt. met nog een doos van mij. Emma wil de leiding nemen over de verkoop van ons appartement, en ik ben meer dan bereid om haar de leiding te geven. Met enige spijt doe ik de deur van het appartement achter me op slot, draai me om en sta al snel naast mijn geliefde Skoda. "Rijd alsjeblieft voorzichtig, want de wegen zijn verraderlijk door gebrek aan zoutstrooiwagens", zegt Noah bezorgd en Emma geeft hem een kus voordat ze eraan toevoegt: "Wees ook voorzichtig met konijnenoren".

"Starshine, straks zie je straks weer konijnenoren en ik rij voorzichtig", onderbreek ik en lach hardop. Emma steekt haar tong naar me uit terwijl ze Noah nog een laatste keer kust voordat ze in haar auto stapt met Ethan, die zijn veiligheidsgordel vastmaakt en wegrijdt zonder iets te zeggen of achterom te kijken. Ethan vertrekt dan zonder een woord tegen iemand te zeggen voordat hij in zijn eigen auto verdwijnt met Ethan die zijn veiligheidsgordel vastmaakt voordat hij wegrijdt zonder nog een woord te zeggen voordat hij zelf achter het stuur kruipt en wegrijdt zonder iets te zeggen of achterom te kijken; uiteindelijk zal hij het toegeven!" Ik kijk naar Noah en snuif hardop van het lachen terwijl we blikken uitwisselen en kijk dan naar Ethan die terugkijkt en hartelijk glimlacht; Ethan zou uiteindelijk zijn gevoelens jegens Maddy toegeven; maak je geen zorgen Maddy; Ik zal het uiteindelijk toegeven!" Ik keek naar Noah, die grijnsde voordat hij een achteloze blik wierp op Noah, die somber ongeïnteresseerd leek, maar

hen toch minachtte voordat hij snel van richting veranderde voordat hij de zijne verliet.
'Heb je geen hekel aan Ethan?' vraagt Emma verontwaardigd terwijl ik plaatsneem in mijn auto, de verwarming aanzet en mijn veiligheidsgordel omdoe voordat ik langzaam wegrijd. Maddy antwoordde dat Ethan een arrogant, egocentrisch, zelfvoldaan persoon is; geen enkele vrouw zou hem heel lang kunnen weerstaan.' Noah stelde Maddy ooit voor als iemand die Ethan graag zou willen. Maar je kuste en gaf hem zo'n harde klap na slechts één keer te hebben gekust! Noah dacht dat jullie een ideale match zouden zijn; wat mij ertoe aanzette te stoppen bij stoplicht nummer twee voordat hij terugkeert naar Emma voordat hij bij stoplicht nummer drie stapt om nog wat te praten.

'Alsjeblieft, Emmchen. Hij en ik houden niet van elkaar en liefde mag nooit worden gedwongen; uiteindelijk valt alles uit elkaar.' Zodra het stoplicht op groen sprong, reed ik door richting ons nieuwe huis. Beloof Maddy dat we haar geluk onder geen enkele omstandigheid zullen forceren; je moet het zelf vinden.' Ik glimlach dankbaar naar Maddy voordat ik onze oprit opdraai en mijn motor uitzet. Als ik met Ethan praat, merk ik dat mijn hart sneller klopt en dat mijn hele lichaam tintelt; zelfs als ik aan hem denk, krijg ik zulke reacties. terwijl mijn lichaam reageert als ik in de buurt ben, hoewel mijn hartslag exponentieel toeneemt als ik in de buurt van hem ben, terwijl alleen al het denken aan hem zulke reacties van binnenuit veroorzaakt die me naar zijn aanwezigheid doen verlangen.' Ik zet de motor af terwijl ik Maddy iets belangrijks vertel dat ze moet delen, zonder tegen Noah of iemand anders aan wie ze het nodig heeft van Ethan te vertellen dat ze het aan iedereen moet vertellen." Zo ver weg zei ze zoiets als:

'Ja, Maddy. Ja, ik begin iets voor hem te voelen.' Deze bekentenis was niet gemakkelijk, maar ik wist dat Emma dit voor iedereen geheim zou houden en ons samen in huis zou houden. Niemand zal het weten totdat het officieel is gemaakt; tot die tijd zal niemand het ooit weten totdat je het officieel maakt.' 'Heb ik je al verteld hoeveel je voor me betekent?' Emma glimlacht als ze uitstapt, haar veiligheidsgordel losmaakt, zichzelf weer losmaakt en op de grond springt. Noah en Ethan hielpen met het brengen van dozen van buiten voordat ze ze allemaal naar binnen droegen. Ze grapte dat het haar als muziek in de oren klonk voordat ze haar arm om de mijne sloeg voordat ze ons allebei samen naar onze respectievelijke huizen bracht.

HOOFDSTUK 5

Ik glimlach terwijl Emma Noah opdracht geeft hun dozen op te bergen. Ze glimlachen allebei liefdevol naar elkaar terwijl ik zie hoe ze samenwerken om dingen op te bergen, en tekenen van genegenheid jegens elkaar tonen die ik kon voelen door te kijken. 'Oké, mijn ster. Ik help je graag.' Ik zie vonken tussen hen beiden vliegen en ik zie vonken tussen hen beiden vliegen; hun sprankelende blikken zijn duidelijk te zien. Dus besloot ik ze met rust te laten, en zodra ik mijn kamer binnenkwam, hadden ze de deur achter zich dichtgetrokken. Ethan keek om zich heen voordat hij even uit het raam keek terwijl ik dozen begon uit te pakken. 'Dus vlieg je deze week naar je ouders?' Ik keek op van achter mijn foto's om zijn rug in de gaten te houden. "Hij heeft op eigen initiatief met mij gesproken? Wauw!" "Eh...ja," antwoordde ik en begon de foto's aan de vrije muur te hangen. "Donderdag meteen", was mijn antwoord, terwijl ik enkele foto's liet zien die op oudejaarsavond van ons waren. Heeft u iets geschikts?' Ethan draaide zich vragend naar mij om. Terwijl ik de spullen opborg, draaide hij zich bezorgd naar mij om. 'Waarom koopt u niet gewoon iets geschikts om in plaats daarvan te dragen, meneer Caviness? Begrijp je het niet?" Uiteindelijk beantwoordde hij zijn eigen vraag door hem te vertellen dat hij op oudejaarsavond aanwezig mocht zijn en dat was alles.

Wees niet bang, dit zijn jouw zaken niet.' 'Nadat ik alle boeken en dozen had opgeborgen, hielden we een vroeg oudejaarsfeest met maskers die precies om middernacht afgingen.' Ik dank Ethan voor zijn nuttige bijdrage informatie. "Bedankt Ethan. Die informatie was nuttig. Ethan trekt een wenkbrauw op, knikt instemmend en verlaat dan mijn kamer. Toen hij de deur achter zich had gesloten, haalde ik een paar keer diep adem - er was iets mis met hem! Waarom moet mijn hart zo wreed worden in zijn aanwezigheid? Waarom kan het niet gewoon stil blijven en normaal kloppen? Terwijl mijn blik uit het raam dwaalt en groter wordt als reactie op zijn aanwezigheid, worden mijn ogen nog groter voordat mijn voeten de deur van Ethans slaapkamer ernaast raken en als standbeelden in de diepte staren.
Op dat moment kwam Ethan zijn slaapkamer binnen, terwijl hij zijn lichtblauwe overhemd losknoopte en uittrok. Mijn mond viel open toen mijn blik op zijn blote, gespierde borst viel; het enige dat nodig was om te gaan kwijlen was één blik! Ethan haalde toen een ander shirt uit de kast, passend bij de broek uit zijn bed; terwijl mijn blik zijn bewegingen volgde, merkte ik dat ik met mijn handen over deze spieren wilde gaan, ze wilde voelen, ze wilde kussen; om die volle haardos in de war te brengen of hem iets meer te laten zweten dan normaal! Terwijl ik dacht dat dit gebeurde, nam

Ethan een douche; mijn ogen bleven strak op zijn bewegingen gericht totdat onze blikken elkaar ontmoetten. Verdorie; we wonen minder dan 20 meter uit elkaar!

Ethan heeft opnieuw een wenkbrauw opgetrokken en zijn ogen blijven op mij gericht, wat mij ertoe aanzet snel weg te lopen. In plaats daarvan ga ik op mijn grote ronde bed zitten voordat ik snel mijn MacBook tevoorschijn haal en hem opstart - iets om mijn gedachten zo snel mogelijk van Ethan af te leiden. Dus dook ik in mijn werk en besloot alles te geven, waarbij ik Ethan Caviness bij elke inzending uitdaagde. Helaas duwde zijn aanwezigheid me achteruit en terug op mijn kussens; daarom klapte ik mijn MacBook weer dicht en ging weer naar bed; Ethan Caviness leek afgesloten en afstotelijk - geen eigenschappen die mij aanspraken. "Kom binnen!" Emma spoort mij aan terwijl ik opkijk uit mijn gedachten en naar de deur kijk. Als Emma haar hoofd naar binnen steekt, met rode wangen en woorden die erop neerkomen dat er iemand bij de voordeur staat die met mij wil praten, weet ik wat ze hebben gedaan: Emma knikt goedkeurend terwijl ik naar beneden loop waar een aantrekkelijke jonge vrouw met lang, roodblond haar die neerbuigend naar mij staart; deze vrouw maakt me gek! Ik kan haar gewoon niet uitstaan;

"Ben jij Madison Bennett?" Ik was eerst in de war; wie was jij?" Noah verscheen naast mij en hield meteen een harde lezing over Nathalie; zodra Nathalie dit hoorde werd ze arrogant en bedreigd door Noah! Maar maak je geen zorgen: ik heb Nathalie nooit bedreigd; het enige wat ik tegen haar zei is dat Ethan dat niet doet. Ik heb niets van haar nodig." 'Naomi zou zoiets schandaligs niet doen. Ik heb haar net verteld dat Ethan niets van haar verlangt.'
'Wie ik aan mijn zijde wil hebben, is geheel aan mij, Nathalie.' Ethan staat achter haar; ze draait zich om en omhelst hem stevig voordat ze zegt: 'Ethan! Ik heb je zo erg gemist.' Ik sloeg mijn armen over elkaar terwijl ik deze scène met groeiende woede zag gebeuren - Ethan toonde zijn waardering niet en duwde Nathalie in plaats daarvan weg met serieuze woorden: "Maar ik vind je niet leuk, dus ga alsjeblieft nu weg; anders zullen we te maken krijgen met met Madison samen." Nathalie reageerde door aanmatigend te zijn: "Oh nee - Ethan, laten we alsjeblieft weer samen slapen; God, ze is walgelijk!"

Hoe kon ze zichzelf zo aanbieden? Ethan loopt langs Nathalie en slaat uiteindelijk zijn arm om mijn middel om me tegen zich aan te trekken, en belooft me dat we op weg zijn om een koppel te worden - "nu gaan!" Nathalie kijkt me dodelijk aan, draait zich op haar hielen om en beent weg, dus ik maak me onmiddellijk los van Ethan en loop de keuken in voor een latte macchiato voor mezelf (terwijl Emma achter me aan loopt). Als blikken konden doden, zou je al dood zijn!" Emma sloot zich aan bij Emma die samen met Emma aan de ontbijtbar zat terwijl Emma het kopje pakte en het weer neerzette totdat Noah naar de keuken kwam om hem over te halen mee te doen - "haar huidige geldbron is waarschijnlijk opdrogen, dus nu wil ze me weer".

Ethan kneep zijn ogen een beetje tot spleetjes terwijl ik op mijn onderlip kauwde. "Wil je dat eindelijk loslaten? "Je moet niet op je onderlip kauwen." Ik hief mijn ogen op van het kopje, keek naar Ethan en liet mijn onderlip met rust - allemaal zonder later spijt te krijgen! In plaats daarvan opende ik de koelkast, selecteerde iets anders om daaruit te drinken, wat Emma sterk afraadde (iets waar ik later spijt van kreeg!), terwijl Noah een wenkbrauw optrok voordat hij mijn fles op de ontbijtbar gooide voordat hij nog een glas uit de kast haalde voordat Noah mijn dronken gedrag tijdens het innemen zag). Nog een slok van alles voordat Noah een walgende blik uitte voordat hij eindelijk nog een slok nam voordat hij zelf nog een slok nam wenkbrauw voordat ik mijn wodkafles op de ontbijtbar zette en vervolgens snel nog een drankje uit de kast haalde - voordat ze kon antwoorden, zette ze de wodkafles op de ontbijtbar en werd toen dronken. Noah keek naar mijn boosste verdriet voordat hij vroeg: "Word je dronken?"

"Nee, maar bepaalde mensen dwingen mij er onbewust toe." Toen ik Nathalie bij het raam benaderde met mijn wodkafles in de hand, bood Ethan ons allemaal iets verfrissends aan om te drinken: hij nam het van mij aan en deelde drankjes uit: Emma en Noah waren stomverbaasd, maar Ethan zag zijn kans; hij glimlachte naar ons allebei voordat hij onze flessen sterke drank wegnam met iets voor hen te drinken; Ethan nam de wodkafles weer uit mijn handen en begon drankjes voor ons beiden in te schenken, terwijl hij zei: 'En natuurlijk mijn suikerpop.' Ik keek naar Nathalie terwijl ik mijn ogen een beetje samenkneep voordat ik zei:

Nathalie stond op en verliet ons pand. Emma en Noah keken ongelovig om zich heen voordat Ethan zijn alcoholdrankje neerzette en zonder verder commentaar antwoordde: "Nathalie", antwoordde Ethan eenvoudig terwijl ik nog een slok van mijn latte macchiato nam terwijl ik stil bleef: "ze kwam de keuken binnen om te kijken of we speelden iets voor haar - wat wel of niet waar kon zijn, al hoeft ze daar niet achter te komen!" Emma begon onmiddellijk te klagen terwijl Noah zijn arm om Emma's middel sloeg om haar te troosten, terwijl Ethan naast me stond te kijken hoe deze twee geliefden met elkaar omgingen - jaloers kijkend hoe leuk het voor mezelf zou zijn geweest als Ethan dichterbij was en we zulke momenten ook konden delen. zoals naast hem liggen terwijl je met hem van elke positie geniet!

"Maddy! Maddy!" vraagt Emma in mijn dagdroom, en zodra hij mijn antwoord hoort schud ik mezelf ervan af en grijns breed naar Emma die breed lacht om mijn antwoord. 'Ja,' antwoord ik en uit mijn dagdromen kom ik er snel uit met 'Ja, ik wil'. Ik reageer en kom uit mijn verdoving. Emma lijkt blij met deze gang van zaken. Noah kijkt weg als ik dichterbij kom. Ethan leunt tegen de ontbijtbar en ziet mijn gezicht felrood worden; "Had je net een dagdroom?" Emma kijkt me verwachtingsvol aan terwijl ze mijn kopje in één hand houdt terwijl ze mentaal mijn hoofd schudt: "Onbelangrijke sterrenschijn. Val me niet lastig." 'Vergeet het maar,' antwoord ik, terwijl Emma nog wat bloost. 'Laten we het over de lunch hebben,' flapt Emma er weer uit. "Dus... eh... wat voor eten willen we?" Ik stel sushi voor, maar Emma verlaat snel de keuken voordat ik tijd heb om nog iets te suggereren - "we mogen langer blijven, Ethan".
Terwijl ik naar Ethan kijk, knikt hij en gaat op pad om te bellen.

Noah heeft mijn aandacht getrokken, waardoor ik moest blozen terwijl ik me naar hem toe draaide en antwoordde: "Ja, maar hij lijkt op dit moment niet in mij geïnteresseerd", terwijl ik zachtjes iets mompelde en vervolgens mijn schouders ophaalde terwijl ik dit zei: "Ik zal je niet vertellen, maar onthoud altijd dat iedereen een andere smaak heeft!" "Vat dat niet persoonlijk op; onthoud altijd dat hij speciale voorkeuren heeft!" Ik adviseer. Noah kijkt op van zijn kopje en glimlacht lichtjes. "Ik wist het. Hij moet homo zijn, want zijn gedrag komt niet overeen met de reden waarom hij me gisteren kuste. Maar aangezien deze man niet ver weg woont en hij niet in films voorkomt, past hij misschien niet in dit verhaal." categorie?" Ik sla mijn ogen op van mijn kopje en laat Noah lichtjes glimlachen: "Nee, ook niet zo homo - en zeker ook niet jonger dan ik of zo beroemd als een Hollywood-beroemdheid!" Noah lacht en kijkt me recht aan. "Nee, dat is hij niet." Nadat hij even rondgekeken heeft om eventuele geheime afluisteraars uit te sluiten, leunt hij samenzweerderig naar mij toe: "Ethan is altijd iemand geweest die graag de controle overneemt en boven anderen staat. Vanuit dit deel van zijn karakter kwam zijn voorkeur in seksuele relaties voort."

Daarom houdt hij zich in zijn vrije tijd bezig met Body Diffusion Simulation Maddy ("BDSM"). Maddy fungeert als dominant, de dom, terwijl ik de slaaf of SuB speel.' Mijn ogen worden groot als Maddy zijn ervaring beschrijft; nadat hij klaar is met spreken, gaan we allebei tegelijk rechtop staan terwijl Ethan met opgetrokken wenkbrauwen verschijnt om ons allebei te beoordelen. 'Ik moet me verontschuldigen. , maar ik heb nog iets anders waar ik eerst voor moet zorgen. Tot ziens,' zei Ethan toen hij kort daarna ons huis verliet. Uit nieuwsgierigheid ging ik naar het raam en tuurde naar buiten. Ethan stapt naar haar toe en ik merk dat zijn gezicht een hard gezicht heeft, terwijl ze nederig haar hoofd laat zakken. in reactie op wat Ethan tegen haar zegt en knikt zo nu en dan als Ethan rechtstreeks tegen haar spreekt. Kort daarna loopt hij naar de voordeur; kort daarna volgt zijn volgeling vlak achter hem, zich bijna gedragend als Ethan's puppy voordat hij de deur achter hen sluit van binnenuit naar alles kijken.

Zijn blik doorboort mijn ziel en iets waarvan ik geen idee had dat het bestond, begon naar boven te komen: mijn onderdanige kant. In mijn fantasiewereld wordt Ethan mijn meester/Dom en straft en bindt hij mij naar eigen goeddunken vast - zeker een Oscarwinnaar-moment? Terwijl Ethan de voordeur achter ons sloot en zich van het raam afwendde, vroeg Emma: 'Hebben jullie zijn speeltje al ontdekt?' en toen Noah haar vertelde wat er gebeurde toen ze met ons en Ethan naar bed ging, knikte Emma langzaam voordat ze vroeg: 'Heb je een van Ethans onderzeeërs ontdekt?' en ik knikte langzaam voordat Emma haar nog een vraag stelde; deze keer knikte ik langzaam voordat ik "ja" antwoordde. Emma vroeg: "Staan er subs op zijn lijst?".

'Ik wil niet onverschillig klinken, maar ze keken elkaar allebei afkeurend aan voordat Noah zachtjes glimlachte: 'Je wilt dit misschien niet weten, maar Ethan doet er alles aan om ervoor te zorgen dat ze allemaal schoon en goed onderhouden blijven. Hij verzekert hen dat ze geen seksueel overdraagbare aandoeningen hebben en gaat altijd met hen mee om een gynaecoloog te bezoeken om het bevestigd te krijgen." Maddy vraagt hem waarom deze stap nodig is als certificaten kunnen volstaan, maar zijn antwoord was dat elke oplichter gemakkelijk één nep zonder dat iemand het doorheeft. Het is beter om aan de veilige kant te blijven. 'Wat zou hij denken als hij erachter kwam dat je het mij vertelde?' 'Ik wil niet precies weten hoe hij zal reageren als hij het je ooit laat zien; vertel hem niet dat je het al wist; mijn hoofd is van mij!" Ik glimlach breed terwijl Emma snel naar Emma toe rent om ons eten in ontvangst te nemen. De deurbel gaat en ik verzeker hem dat alles snel in orde zal worden gemaakt.

Mijn gezicht warmde op toen Emma ons eten terugbracht. Noah deelde vervolgens alles uit en we begonnen te eten - sushi was zo verdomd verrukkelijk! Op een gegeven moment ging de deur van Ethans huis open en kwam er een roodharige tevoorschijn. Ethan volgde haar naar buiten voordat hij iets zei en kort daarna wegreed; zijn pad leidde rechtstreeks door ons huis waar we in stilte vrolijk onze sushi zaten te eten. Op een gegeven moment ging de deur van Ethan's huis weer open en Ethan volgde hem en zei iets tegen haar voordat hij haar wegreed kort nadat ze kort daarna was weggereden - onze heerlijke sushi begon weg te smelten. Op een gegeven moment kwam Ethan thuis en volgde de roodharige van Ethan's huis naar zijn pad dat er dwars

doorheen leidde, totdat ik mijn gezicht voelde opwarmen terwijl ik neerkeek op mijn sushi.
Emma laat Ethan het huis binnen. Ik smeekte God om hem dit niet te laten zien! Helaas, zodra Ethan de keuken binnenkwam en ging zitten, keek hij me recht aan en toen hij zijn hoofd ophief, raakte ik precies waar het had moeten zijn. Een korte ruk aan zijn mondhoek vertelde boekdelen dat hij zich bewust was.

Hoofdstuk 6

Mijn laatste voorjaarsevenement staat gepland op woensdag rond het middaguur. Ik word overweldigd door taken. De catwalk en het podium zijn in de hal geplaatst en binnen een uur gaan de deuren open zodat je binnen kunt komen. Ik bekijk alleen maar het schema op mijn klembord als ik van achteren op mijn achterhoofd wordt getikt. "Een ogenblik alstublieft!" "Het is in orde." Ik kijk om me heen en zie dat Emma recht in mijn gezicht staat en glimlacht. Voor hen staan Noah en Ethan is er ook. 'Je bent veel te punctueel,' zeg ik en werp een blik op de timer die aan de muur hangt. 'We dachten dat we je zouden steunen als je echt zenuwachtig was.' 'Ah oké. Heel aardig van jullie, jullie drieën. Zenuwachtig? Nou ja, iets. Het is beperkt. Ik kom er wel doorheen.' "Ja, je kunt het Maddy. Zoals altijd." Er komt een ober binnen met een dienblad. Ik pak er drie champagneglazen uit en bied iedereen een glas aan, voordat ik er ook één heb.

'En je hebt dit allemaal zelf opgezet?' Noach stelde mij deze vraag. Ik kijk mij vol ontzag aan. 'Ja, dat heb ik. Ziet er goed uit, nietwaar?' 'En hoe! Respecteer Maddy. Je bent een stoere vrouw.' 'Bedankt Noah. Als je me even wilt excuseren, ik moet voor kleine meisjes gaan.' Ik leg de champagnefles in Emma's handpalm, draai mijn rug naar haar drie vriendinnen en loop door de gang naar de damestoilet. Er klinkt een zacht, stil geluid in mijn oren als ik een van de hutten binnenglip. Nadat ik klaar ben met mijn zaken, maak ik mijn handen schoon en bekijk ik mijn make-up. In mijn hoek zie ik de deur opengaan, waarna iemand naar binnen komt en de deur sluit. Ik kijk om me heen, trek mijn wenkbrauw op en kijk dan naar Ethan die vragen stelt. 'Je weet dat dit een damestoilet is,' weet ik. Hij komt naar mij toe en pakt mijn armen vast. Dan drukt hij me tegen de muur, begraaft dan zijn linkerhand in mijn haar, en dan word ik teruggetrokken.

Ik laat hem niet aan mijn blik ontsnappen. Hij houdt me stevig vast en omhelst me stevig. Zijn lippen worden door zijn tong gestreken in een poging binnen te komen en tot mijn vreugde geef ik hem de gelegenheid om binnen te komen. De liefde die we delen wordt intenser en intenser. Ethan duwt me letterlijk tegen de muur. Door zijn rechterhand te gebruiken, beweegt hij mijn been omhoog en wikkelt het vervolgens over zijn heup, en een intense bult drukt op mijn privégedeelte. Ik weet niet zeker hoe lang we al ruzie hebben, maar op een gegeven moment gaan we uit elkaar en kijken we elkaar aan. "Maddy? Wat doe je achterin? Je show gaat bijna beginnen!" Emma staat in de deuropening die op slot zit, Ethan veegt mijn lippenstift af voordat hij verdwijnt. Ik zit nog steeds in de hoek, leunend tegen de muur. Emma kijkt hem aan en als ze zich weer naar mij omdraait, worden haar ogen enorm. "Wauw Maddy! Je... eh... moet ervoor zorgen dat je je make-up controleert. Pas tegelijkertijd je uiterlijk aan." Ik kijk zwijgend op mijn horloge en kijk in de spiegel, en mijn ogen worden ook groter.

Mijn lippen zijn gezwollen van kersenrood. Ik trek snel mijn jurk recht en zodra ik tevreden ben, haast ik me naar het podium. Het publiek is druk en veel mensen kijken naar mij, en ik glimlach. "Dames en heren! Welkom bij mijn voorjaarscollectie! Ik ben blij dat jullie met zoveel zijn gekomen en wens jullie nu allemaal veel plezier." Mijn stem is krachtig en resoneert met het einde van de zaal. Het publiek juicht, ik maak een buiging en verdwijn dan achter het gordijn. De show begint. Ik haal diep adem en ga achter het gordijn zitten. Er wordt altijd veel geapplaudisseerd. Ik kijk naar mezelf en ik heb bijna het overgaan van mijn mobiele telefoon gemist. Ik pak langzaam mijn tas en zoek een bericht van. Ethan.

Ik heb je nodig! Ik wil je overnemen en controleren! Informeer u over wat u wel en niet mag doen!

Ethan!"

Ik staar naar mijn telefoon en ben een beetje geïrriteerd. Wat probeert hij te bereiken? Me overnemen en controleren? Vertel mij wat ik wel en niet kan doen? De

De show is net afgelopen. Iedereen juicht en ik word naar het podium begeleid, waar ik met een opzwepend gejuich wordt begroet. De gasten verdelen het eten en drinken en bestellen vervolgens hun spullen. Ik word begeleid de trap af die naar het podium leidt. "De collectie is geweldig Maddy! "Je hebt jezelf overtroffen", roept Emma en omhelst me brullend. "Bedankt Emma en ga nu maar bestellen wat je echt wilt." Emma glimlacht en verdwijnt dan in de menigte. Ik kan Emma zien vertrekken, en dan draai ik en dan draai ik me naar Noah, maar in plaats van dat Noah voor me staat, zie ik Ethan. "Helaas moet ik nu vertrekken, en we zullen elkaar een tijdje niet meer zien na de kerstperiode . Geniet van je tijd in het gezelschap van je familieleden en vergeet mij niet." Hij belooft me gedag terwijl hij mijn hand neemt en blaast dan een ijsblokje op mijn achterhand.

Hij kan zijn ogen niet van mij afhouden, glimlacht en loopt dan weg uit de gang. 'Hij vindt je heel schattig en interessant.' Noah zit naast me en kijkt hoe zijn broer weggaat terwijl Emma er ook is. "Ja, soort van." Emma lacht en kijkt me aan. 'Misschien komen jij en Ethan ooit nog samen.' Ik kijk weer naar Emma, kijk dan boos naar mijn ogen en haal diep adem. 'Nee! En nu ophouden! Geen woord meer over.' Ik laat Emma en Ethan achter en bekijk alle aankopen. Ruim de helft van de gasten heeft een bestelling voor mijn boeken geplaatst, en de rest wil graag zelf een beslissing nemen. Mijn secretaresse zet alles in elkaar en neemt afscheid van haar kerstvakantie.

Ik loop ook richting mijn auto, doe de gordel vast en als ik helemaal vastzit, rijd ik naar huis. Terwijl ik aan het rijden ben, denk ik na over de kus, alsof ik alleen ben. Ik wrijf met mijn vingers over mijn lippen. Een aangename kou voel ik door mijn hele lichaam. Mijn maag wordt samentrekkend en mijn hart klopt sneller en als ik thuiskom, haal ik een paar keer diep adem. Mijn aandacht wordt getrokken naar het huis, waar de voertuigen van Ethan geparkeerd staan, maar er is geen spoor van zijn voertuig. Het is mogelijk dat hij in het huis is. Ik ga langzaam weg en loop naar de deur van mijn huis. Mijn sleutel is snel

Dan doe ik de voordeur op slot en alles is stil sinds Emma en Noah de stad uit zijn. Ik doe de voordeur dicht om uit het zicht te blijven als mijn buurman mij met mijn rug tegen de muur achter mij probeert te duwen, en de deur gaat dicht. Ethan.

Ik herkende hem meteen aan zijn geur. Hij duwde mij tegen de muur, boven mijn hoofd. Zijn lippen bewogen langs mijn nek. Zijn rechterhand ligt op mijn rug, hij houdt mijn rechterwang steviger vast en er komt een grom uit mijn lippen. "Shht! "Zeg geen woord," eist Ethan, hij houdt me steviger vast en ik word nog steviger tegen de muur gedrukt. Mijn hart fladdert van opwinding terwijl mijn ademhaling vertraagt en ik wacht om erachter te komen wat hij denkt. Op de achtergrond zit Ethan met zijn eigen gedachten te spelen en na een uur heeft hij mij geblinddoekt. Dan kan ik niets meer zien en kan ik hem duidelijker zien en is mijn broek kletsnat ruik je, voel je. Laat me je naar de top brengen.' Ethans luide stem bezorgt me kippenvel en ik beef. Ik schrik als hij me in zijn armen neemt en me vervolgens naar de slaapkamer draagt.

Zijn lippen binden me met een intense kus, en ik ben benieuwd wat hij voor me gaat doen. Ik moet hem vertrouwen, anders wordt het geen succes. Hij legt me zachtjes in bed, maakt me dan schoon, en dan lig ik naakt voor hem. Ethan pakt mijn handen, brengt ze samen en bevestigt ze aan het hoofdeinde van de matras. Dan zijn zijn handen over mijn lichaam. Hij kneedt mijn borsten en zuigt aan mijn linkertepel door zijn mond. Hij neemt een lik door op zijn tong te bijten. Vervolgens bijt hij er met een zachte aanraking in en pakt mijn borst met zijn hand vast om deze te masseren. Echter niet te licht maar iets krachtiger en ik begin onder zijn voeten te knijpen. Hij trekt me los en ik lag zwaar ademhalend op bed. "Niet bewegen, begrepen?" Ethan is donkerder en roept positieve emoties bij mij op, en ik voel mijn hart kloppen. "Begrepen?" ' vraagt hij nog een keer terwijl hij zijn stem nog duidelijker maakt met een klap op mijn dij. Ik lach. Door de klap werd ik nog natter. Ik voel de nattigheid in mijn dijen en Ethan komt weer bovenop me zitten.

'Je geniet ervan als ik je uitscheld en mijn wil aan je opleg. Geef het aan Madison.' Wat? Nee! 'Ja,' adem ik in gedachten, mezelf vervloekend. Wanneer beslisten mijn hersenen welke dingen ik wel en niet leuk vind? Een glimlach bereikt mijn oren. Ethan lacht met veel genegenheid naar me. Ik voel zijn gewicht terwijl ik beef, en verlang dan dat hij in mij is. Ethan heeft geen kleren aan, opgewonden en hij strekt mijn benen. Zijn tong raakt mijn klitje aan en ik huiver en voel het sijpelen. Mijn benen gaan omhoog en rusten op de schouders van Ethan, en eindelijk komt hij bij mij naar binnen. "Oh god, je bent strak Maddy! Het is een geweldige sensatie voor mij." Ethan gromt diep en begint te bewegen. Door zijn zachte stoten neemt hij me langzaam mee naar mijn doel, waarbij hij me elke keer weer vervult met zijn liefde. Zijn lippen raken mijn naakte huid. Ik ben uitgeput. Ik ben eindelijk klaar om naar de kust te vertrekken en me door de golven van de oceaan te laten meenemen. Ethan duwt steeds meer, waardoor we steeds dichter bij het doel komen, en uiteindelijk overweldigt de zucht ons.

Spieren trekken samen. Ethan pompt zijn sperma door mij heen en gaat dan met zijn hele gewicht over mij heen liggen. Ik voel zijn snelle hartslag en hoe zijn ademhaling vertraagt, en hoe het zweet van zijn gezicht druipt. 'Je bent perfect Madison. Ik zou graag met je willen trouwen.' Terwijl ik naar zijn stem luister. Hij maakt zich van mij los en trekt mij los. Dan zie ik de dingen weer, en als Ethan een deken over mij heen heeft gelegd, gaat hij naar de badkamer. Ik hoor het geluid van bewegend water en ik weet dat hij aan het douchen is. Ik gaap luid. Seksuele intimiteit met hem is ongelooflijk en ik ben onder de indruk en ik heb enige tijd geleden een beslissing genomen. Ik zou graag de zijne willen zijn en BDSM leren kennen. Na 15 uur komt Ethan terug, naakt en aangekleed.

Dan haalt hij iets uit zijn zak. Ik vind dat het een gouden armband is met een klein sleutelgat. "Dat is het bewijs dat je deel uitmaakt van iemand. Ik ben de eigenaar van jou. Mijn naam staat op de ring geschreven en zodra het item wordt gedragen, zien andere mensen dat je niemand mag aanraken zonder mijn toestemming. " Mij is door hem verteld,

Ik krijg de armband en kan de gravure zien. Meester Ethan Cavity' Zonder na te denken wikkel ik de armband eromheen en sluit hem met een zachte klik, en Ethans ogen glanzen. 'Nu ben jij mijn eigendom en ben ik de enige die de armband nog een keer kan afwikkelen. Ook al zou ik je willen laten gaan, daar ben ik niet in geïnteresseerd.' Ik glimlach in mezelf, sta op en loop naar de badkamer. Terwijl ik onder de douche sta, zet ik het water aan, ga er dan in staan en maak mezelf grondig schoon. Het duurt even en na ongeveer een half uur ben ik klaar en ga ik naar de slaapkamer. Ik heb een extra grote handdoek in mijn broek gedrapeerd.

Ethan is weg. Ik kijk hem aan en trek dan mijn comfortabele kleren aan. Ik gooi mijn oude jurk samen met mijn ondergoed in de mand met wasgoed voordat ik de trap afloop. Het is leeg. Ethan is vertrokken en ik haal diep adem. Nu maak ik deel uit van Ethan. Ik ben zijn ondergeschikte en moet alles vervullen wat Ethan van mij vraagt. Ik ben bereid hem al mijn weerstand te bieden. De gedachte daaraan stoort mij niet. Ik ben benieuwd hoe dit zal uitpakken. Maar voorlopig geniet ik van mijn vakantie en deze kersttijd met mijn gezin. Ik hou ervan om een koffer in te pakken en alles in elke hoek op te bergen, en ik moet er nog steeds op zitten om de rits dicht te doen. "Maddy? We zijn er. We hebben eten meegenomen om met je te delen! Snel eten van McDonalds voordat je terugreist naar de ouders van morgen!"

Emma's stem klinkt over mij heen, en ik grijns terwijl ik de trap af loop. 'Een goed idee! Ik heb echt honger.' Ze kijken me allebei van boven en beneden aan en hun ogen zijn gefixeerd op mijn rechterpols, en Noah is vol ontzag. "Dus Ethan deed het en pakte jou. Jij bent nu zijn sub. Net als Emma voor mij, maar Emma is meer. Ze is mijn vriendin", zegt Noah. Ik bloos, pak mijn McDonald's-tassen en loop naar de lounge. Ik ga op de bank liggen, haal de friet eruit en begin de friet te eten.

Zowel Noah als Emma houden mij gezelschap terwijl ik geniet van hun hamburgers. "Vanaf morgen ben ik er niet en op 2 januari ben ik er weer", zeg ik, en Emma glimlacht. 'We zullen het huis in de gaten houden en er goed mee omgaan. Olivia keek er eigenlijk naar uit om je daar te hebben tijdens de nieuwjaarsviering. Ben je dat vergeten?' "Oh, daar heb ik helemaal niet aan gedacht. Dan kom ik op 30 december terug." Emma is blij. Ze lacht en grijnst terwijl ze een grote hap van haar hamburger neemt.

HOOFDSTUK 7

De reis naar het vliegveld is een complete puinhoop. Emma, de chauffeur, vloekt voortdurend en toetert als een gekke vrouw. Ze kijkt altijd op de tijd, schreeuwt op een manier die op wilde dieren lijkt en schreeuwt tegen chauffeurs. We zitten allemaal in de problemen en kunnen niet verder. 'Het is oké, Emma. Het vliegveld is vlakbij. Ik ga even wandelen.' 'We komen op tijd! Ik weet het zeker.' Als we langer dan 10 minuten niet in de buurt zijn, ga ik naar buiten en haal ik de koffer uit de kofferbak. Ook kijk ik naar de tijd, ik heb nog 10 minuten, en ik haal eruit. Gelukkig komt mijn hiel ergens in vast te zitten en valt met mijn gezicht naar beneden op de grond. "Je mag niet aan jezelf worden overgelaten. Je bent eigenlijk vrij om het vliegtuig te vergeten, aangezien je enkel momenteel blauw aan het worden is." De diepe stem van Ethan kan mijn hersenen binnendringen, en ik hef mijn hoofd op en kijk om me heen en zie hoe Noah mijn koffer naar het voertuig brengt. "Ik kan aan boord van het vliegtuig!"

"Ik heb tegen je ouders gezegd dat je er helaas niet bij kunt zijn en dat ze het kunnen begrijpen." Geschokt schreeuw ik en sla mezelf stevig tegen de muur en sluit mijn ogen. "Heb je iets? Ben je helemaal gek? Verdomde Ethan, jij klootzak!" Mensen staren ons aan, maar zeggen niets. Ethan kijkt me ongelovig aan en wacht dan tot ik de stoom loslaat. Ik sla hem in zijn gezicht en schreeuw dan tot mijn longen. Ik heb mijn vlucht gemist en nu kan ik Kerstmis met mijn gezin vergeten. Zonder een woord te zeggen, pakt Ethan me op, neemt me mee in de auto en maakt me vast. Noah zit samen met Emma in de auto, Ethan zit veilig achter het stuur en rijdt kort daarna naar het vliegveld. "Mijn moeder is thuis en kan naar je voet kijken." 'Ethan, je hebt me vandaag al genoeg geïrriteerd! Overdrijf niet!'

"Ik moet je nog iets vertellen. Omdat je al een tijdje mijn ondergeschikte bent, heb ik een strafboekje bijgehouden. Daarom wordt elke keer dat je iets verkeerd hebt gedaan of mij in jouw straat in verlegenheid hebt gebracht, in dit boek vastgelegd. . in dit boek vastleggen.

'Boek het en schrijf later de straf ervoor op.' Ik staar Ethan vol afgrijzen aan en sluit langzaam mijn ogen. "Je bent niet meer zo knapperig", schreeuw ik en Ethan verschijnt voor het huis van zijn ouders. Zonder waarschuwing drukt Ethan zijn lippen op de mijne en geeft me een stevige kus. Zijn tong dringt in mijn mond en hij pakt mijn polsen stevig vast. Mijn lichaam reageert onmiddellijk en ik zucht in de kus. "Ik zal je nooit pijn doen of iets doen wat je niet wilt. Maddy, beetje bij beetje zul je meer dan een ondergeschikte worden. Maar dat lukt mij niet. Het is verkeerd. Absoluut onjuist," zegt Ethan, terwijl hij naar mij staart. . Ik staar hem aan en mijn lippen zijn licht gezwollen en rood na een kus.

Eindelijk is Ethan weg, loopt wat rond in de auto en brengt mij dan terug. Alsof Olivia naar onze bewegingen kijkt als ze de deur opende, en Ethan mij mee naar binnen neemt, waar hij op de bank in de woonruimte zit. Noah bracht me een ijspak en plaatste het voorzichtig op mijn gezwollen enkel, en ik bedankte hem. Olivia houdt een zalf en het verband in haar handen. Ze zit op de bank. 'Ik ga nu naar je enkel kijken en je vertellen wat er aan de hand is.' "Overeengekomen." Ze haalt voorzichtig het ijs eraf en onderzoekt dan mijn enkel. "Zeker verstuikt. Ik breng een zalf of crème aan om mijn enkel af te koelen en wikkel hem dan in een verband. "Je moet er geen gewicht op zetten en hem twee weken laten rusten", zegt ze, gaat aan het werk en binnen een paar minuten rust mijn voet op minimaal drie kussens. "O Maddy, nu kun je je ouders niet bezoeken. We vieren samen kerst.' Emma gaat bij Noah op schoot zitten en lacht naar me. 'Ja, geweldig, Emma! Zo is het plan niet gemaakt.' Ik ben geïrriteerd en kijk niet naar Ethan. Hij zit in zijn fauteuil en wendt zijn ogen niet van mij af.

Lul! Bastaard! De meest waanzinnige Dom en toch zo lief. Kon hij maar heel hard lachen. Hij beweegt als een man, niet als een man met een stok in zijn kont. "Dan vieren we allemaal samen Kerstmis en maken we de volgende ochtend als kleine kinderen de cadeautjes open", zegt Jacob, terwijl hij er een draagt.

Een grote glimlach met een grote glimlach. Ik zou zijn enthousiasme waarderen. 'Absoluut, en we kunnen hier bij Maddy slapen.' Ik kijk Emma aan en blijf dan stil. Ik vraag me af wat ze heeft meegenomen waardoor ze schittert als honingkoekpaarden. Ik ben nog steeds woedend en kan mijn ouders niet bezoeken. "Dus dan kook ik voor ons allemaal.. "Jacob, liefje, daar kun je me mee helpen", zegt Olivia terwijl ze liefdevol, maar hard naar haar man kijkt. Hij wordt gevolgd naar de keuken. Ik kijk om me heen en haal diep adem. 'Noah en ik gaan naar ons huis en pakken wat spullen in.'

'Hoe komt dat? Zei ik dat ik hier sliep of dat ik hier wilde komen wonen?' Ja, ik ben hier buitengewoon irritant. 'Het spijt me dat te horen, Emma.'Ga naar de badkamer en neem je spullen mee,' verontschuldig ik me en glimlach naar haar.'Het is oké, Maddy. Ik zou boos zijn als ik mijn ouders niet kon bezoeken vanwege een enkelblessure."

Emma lacht, pakt Noah bij de arm en ze gaan het huis uit. Ik ben verdrietig en dan weer kalm. Het is niemands schuld dat ik niet op bezoek kan komen mijn ouders. Het is mijn schuld omdat mijn hiel ergens aan vastzat en ik mijn enkel bezeerde. Er wordt gelachen en gegiecheld in de keuken. Ik zie dat Olivia elkaar liefdevol kust Nou ja, ik ben een vrouw die mij steunt en ook een heer. Dit soort mannen zijn echter niet gebruikelijk en ik moet de tijd besteden om Ethan zorgvuldig te onderzoeken.

Wat ik wel weet, is het feit dat hij rijk is en best goed in bed. Na ongeveer 30 minuten komen Emma en Noah terug met twee koffers. Noah laat mijn vriendin zien waar ze de koffers kan plaatsen. Ongeveer twee uur later is er eten, inclusief een roerbakgerecht met groenten en rijst. Ethan neemt me uiteraard mee naar de eetzaal en zet me op een krukje. Ik bedank haar op een rustige manier, Olivia vult onze borden en zodra iedereen aan tafel zit, beginnen we te eten. 'Dit smaakt echt lekker, Olivia,' zegt Emma.

en glimlacht. "Bedankt. Ik doe mijn best om ervoor te zorgen dat iedereen ervan geniet." Ik geniet ook van het eten, maar na één hap heb ik honger. Daarna sta ik op en iedereen kijkt naar mij. "Je voet Maddy," zegt Emma en ik knijp mijn ogen lichtjes tot spleetjes. "Ja mijn voet Emma! "Ik ben niet dom", antwoord ik en ik verlaat heel langzaam de eetkamer. Ik bereik de woonkamer, waar ik op de bank ga zitten en opsta. Met een zucht schuif ik naar beneden en sluit mijn ogen. Waarom gebeurde dit voor mij? Ik ben geen onaardig persoon. Maar het lijkt erop dat het leven behoorlijk wreed voor mij is geweest staar naar haar.

"Nee, ik denk alleen maar. Het was een zware dag, maar ik hoop dat het niet erger wordt, toch?" Ik ga rechtop zitten en zij gaat op de rand van de bank zitten. 'Het zal zeker verbeteren. Ik ben er zeker van. En iedereen heeft je in je hart geaccepteerd. Zelfs Ethan, ook al zie je het nog niet.' "O, was het leven maar wat makkelijker, maar helaas heb ik bij mijn geboorte geen begeleidend boek gekregen." Emma lacht en Noah biedt ons een drankje aan. "Wil je eigenlijk kinderen krijgen?" Ik kijk Emma aan en glimlach. 'Ja, ooit. Op zijn minst twee.' Vertel ik het haar terwijl ik het kopje citroensap neem en er een slokje uit drink. 'Ik ook. Ooit met Noah en met hem trouwen ook.' Emma is een mooi meisje met sprankelende ogen en een glimlach naar haar. 'In een witte jurk en hij in een zwart pak voor het altaar. Eeuwige trouw zweren.'

Ik glimlach naar mezelf, maar we zijn ons geen van beiden bewust van Ethan die buiten de ingang staat. "Ja, dat is zo leuk en op een gegeven moment zal het uitkomen." Ik glimlach en lach. "Dat zijn de dromen van jonge meisjes en jonge vrouwen." Ethan komt de woonkamer binnen en zet een dienblad met warme chocolademelk en koekjes neer. 'Voor jullie, jonge dames van mijn moeder,' zegt Ethan, waarna hij even glimlacht voordat hij vertrekt. Emma kijkt hem aan en fronst dan. 'Je kunt het niet koste wat het kost vermijden.

Verlaat Maddy. "De man is echt perfect", merkt ze op en ik kijk op en zie Ethan in het bos, brandhout aan het klaarmaken voor zijn open haard. Ze heeft gelijk. Hij draagt een zwarte winterjas en zijn uiterlijk is precies goed. Wat denk je? Bovendien is deze Nathalie nog niet helemaal uit de running. Ze verschijnt weer. Ethan is nu bewapend met hout en keert terug naar het huis. Ik observeer Ethan en haal diep adem.

Korte tijd later verschijnt Ethan opnieuw in onze woonkamer en legt wat hout in de open haard. Hij kijkt naar ons terug en ik glimlach een beetje. "Heb je echt iets nodig Maddy? Een boek of tijdschrift? Heb je een MacBook?" "Mijn MacBook zou geen probleem zijn. Dan kun je wat werk doen. Ontwerp de zomercollectie en kijk in het voorjaar waar ik naartoe ga." "Maar er is geen reden waarom je niet zou moeten werken, maar speel gewoon wat rond of blader door je e-mails." Emma staat op en kijkt mij ernstig aan. 'Er is altijd werk, Emma, dus ik kan de tijd doorbrengen.' Mijn meest geliefde vriend lacht en haast zich om mijn MacBook te pakken. Terwijl ik daar ben, heeft Ethan een vuur in de open haard aangestoken en zit hij in een stoel het nieuwste boek te lezen. Na een tijdje komt Emma terug, overhandigt mij haar MacBook en vliegt dan weg. Het lachen doet mij glimlachen. Ik zet mijn MacBook aan en doorloop eerst mijn e-mails. Er is er een waar ik niet zeker van ben, maar ik krijg hem open en als ik hem lees, worden mijn ogen groter.

, Als je een nepspel speelt met Ethan, vermoord ik je!"

"Wauw, wat heeft ze die oude dame gegeten? Ze heeft dringend hulp nodig", merk ik. Ethan kijkt op van zijn boek en trekt een wenkbrauw op. "Die Nathalie! "Het aanhangsel van de vorige keer", leg ik hem kort uit, en Ethan is erbij. Hij neemt de e-mail door, haalt zijn telefoon uit zijn zak en verdwijnt dan. Noah is terug, kijkt om zich heen en kijkt naar zijn frons "Ethan praat een paar seconden tegen me. Hij komt zeker snel terug. "Nathalie heeft me een dreigmail gestuurd", leg ik uit aan Noah en Noah's ogen worden donker. 'Dit gaat veel problemen veroorzaken. Dat is ook zo

Het is een beetje een blunder en kan dodelijk zijn.' 'Ja, dat heb ik gezien.' Ethan komt terug met een verontrustende blik op zijn gezicht, en het gevoel van een rilling vult mijn lichaam. God, waar moet ik op reageren? Is dit nu mogelijk? Ethan heeft toegang tot mijn MacBook en verwijdert de e-mail van Nathalie en blokkeert deze onmiddellijk, zodat ze mij niet meer kan schrijven. Ze is nooit teleurgesteld", legt hij mij uit. Ik glimlach en lees mijn e-mails verder.

Na een korte tijd stopte ik en legde mijn MacBook weg. "Ik kan me niet meer concentreren. Wat gebeurt er als Nathalie mijn bedrijf overneemt en sabotage pleegt, of erger nog? Het kan een regelrechte ramp voor mij worden", begin ik en Ethan legt zijn boek neer. Hij kan zijn benen over elkaar slaan en zijn vingers verbinden. "Ik hoop dat ze niet zo slim is, maar ik weet het niet zeker. Je modelabel is beroemd en je verdient veel geld, en het zou voor Nathalie geen probleem moeten zijn om alles te verpesten. Ze is echter erg arm. Er is niemand die uw bedrijf kapot kan maken. Absoluut niet, en dat is de reden dat ik iets probeer te onderzoeken.' Het moment is nu dat Ethan buitengewoon serieus is. Zijn wimpers zijn goudkleurig en op mij gericht en ik voel me een prooi van een roofdier.

'Eh, en welk aanbod, als ik vragen mag?' Ik rechtte mijn houding en besefte niet dat zijn ogen mij daadwerkelijk blootstelden. Dan ben ik helemaal naakt en merk ik dat de hitte naar mijn wangen stijgt. 'Ik heb er een tijdje over nagedacht hoe het voordeliger zou zijn om jouw bedrijf over te nemen. Natuurlijk ben jij nog steeds de baas, maar ik zou jouw baas zijn en ik zou alle beslissingen nemen.' Dit is hoe het werkt! Dit is het moment om het los te laten! Hij is vastbesloten mij verder te controleren en mijn bedrijf over te nemen. "Geweldig idee! Nee! "Ik kan nog steeds zelf beslissen." Ga ik tekeer in mijn hoofd. Vervolgens zwaai ik met mijn vuisten in de lucht. Maar ik zal er niets van merken. Nog niet in ieder geval.

Hoofdstuk 8

De afgelopen drie dagen heb ik over zijn voorstel nagedacht en over de mogelijkheid nagedacht. Aan de ene kant is het geweldig omdat Nathalie zeker iets creëert. Aan de andere kant vind ik het idee een beetje dom. In de vroege uren van kerstochtend loopt iemand naar mijn kamer. Ik slaap nog steeds en ik voel een warm gevoel in mijn maag. Een arm ligt om mijn middel gewikkeld en een hand drukt me in de warmte van mijn lichaam. Ethan. Wat doet hij in mijn slaapkamer en waarom drukt hij zo tegen mij aan? Ik zie dat hij zijn gezicht tegen mijn haar drukt, haal diep adem en ontspan. Er komt een slaperig geluid over me heen en ik kan het volgen naar het rijk van dromen. Als kerstochtend aanbreekt, bonkt de deur in mijn gezicht. Ik sta op van mijn kussen en trek me dan omver met een deken. "Kom op Noah! "Laten we de cadeautjes openmaken", hoor ik Emma schreeuwen en ze stormt de trap af. "Ik zal haar ooit vermoorden", schreeuw ik en vlak naast me lacht iemand zachtjes. Ethan die wakker werd en kijkt mij duidelijk aan. "Heb je er al over nagedacht?"

'Wat? Ja, wat mij betreft, maar je moet veel geld betalen om mijn bedrijf te kopen.' Ik draaide mijn hoofd opzij en keek hem ernstig aan. 'Ik weet zeker dat ik voor Maddy, zijn onderzeeër, kan zorgen. Het is ook voordelig voor jou om dat te doen, want zodra Nathalie het bedrijf bedreigt, word je lastiggevallen door de media en verslaggevers.' Ethan verlaat mijn slaapkamer, geheel naakt en aangekleed. Wat is dat, ik ben helemaal naakt! Ik dacht er niet over na dat het gebeurde. Het is echter geen probleem, want dit uitzicht is de moeite waard. 'Je moet wel toestemming hebben om een vuurwapen te dragen, zoals je eruit ziet,' flap ik eruit en Ethan staart me met een licht opgetrokken wenkbrauw aan. "Nou, je bent geweldig en het is geen wonder dat vrouwen in een massa naar beneden vallen als ze je gezicht zien," voeg ik er snel aan toe terwijl hij in zijn ogen rilt.

Is dit een fout? De lippen beginnen te bewegen en hij lacht van vreugde. Wauw, hij heeft het! dit.

Ik doel natuurlijk op lachen. 'Ik moet dat noteren, zodat ik snel een wapenvergunning kan krijgen,' zegt hij, waarna hij kalmeert en wegloopt. Ik zie hem de trap afgaan, opstaan en naar de badkamer gaan. Ik was mijn was, kleed me aan en ga de trap af, als je wilt. In de woonkamer verzamelen ze zich allemaal voor de kerstboom en pakken ze hun cadeautjes uit. Eigenlijk iedereen. En daarmee verwijs ik naar Ethan. Ik kijk ongelovig naar mijn ogen en haal diep adem om vast te stellen of ik in een droom zit. Maar ik ben in het heden en alles is waar. "Goedemorgen, Maddy! Kom bij ons terwijl we je cadeautjes openen." Emma straalt als een klein kind. Haar ogen glanzen ook en ze houdt een gloednieuwe mobiele telefoon in de palm van haar hand. Het is blijkbaar een geschenk van Noah. 'Eh...zeker! Als een klein kind? Ik heb liever geduld totdat er alleen nog maar het mijne is.'

Ik val op de ene stoel en ga op de andere zitten. Ze hebben hun gaven afgepakt en gedragen zich alsof het kleine kinderen zijn. Maar Ethan houdt zich discreet in, pakt mijn cadeautjes en legt ze op het kleine tafeltje naast de stoel. 'Nu kun je de doos openen. Ik heb keukendienst en kan het ontbijt klaarmaken. Als ik klaar ben, vergeet ik het. Dit zijn de kosten voor jouw bedrijf.' Hij neemt het papier in mijn handen en loopt met mij mee naar de keuken. Ik open het papier en mijn ogen worden groot. Wat kan er zo ernstig zijn? Ik sta op en loop met Ethan naar de keuken om te zien hoe hij koffie zet. 'Meen je dat? Dat is meer dan het bedrijf waard is.' Ethan haalt het versgebakken brood uit de oven en legt het in de mand. "Ja, ik meen het volkomen. Denk je dat ik een grapje maak met zo'n groot bedrag? Dat is nauwelijks waarschijnlijk. Ben je het daarmee eens? Dan zal ik het geld na het ontbijt op je rekening overmaken."

Hij is totaal niet onder de indruk. Hij haalt zijn boter, jam en worst uit de koelkast en legt alles op een onafgewerkt dienblad. Dan draait hij zich naar mij toe en sluit zijn ogen. "En wat is de reden dat je rondloopt? Je hebt je enkel geblesseerd! De volgende vermelding in je strafboek", gromt hij, heeft me naar het ziekenhuis gebracht en sleept me vervolgens naar de familiekamer. Dan plaatst hij mij in de fauteuil en zet mijn voet in de lucht. Met een serieuze uitdrukking op zijn gezicht gaat hij weg terwijl ik mijn cadeautjes openmaak. Van mijn ouders een witte jas en nieuwe schoenen. Van Emma een gegraveerde armband, van Noah een vernieuwde MacBook-tas. Van Olivia en Jacob een geborduurd dekentje, en van Ethan de diamanten halsketting met de sieraden en armband. Ethan is terug en leidt me naar de eetzaal waar hij me op een fauteuil plaatst. De anderen gaan ook zitten en wij maken ons klaar om te ontbijten.

"Vanavond is er een kerstdiner. Er wordt ham gebakken", zegt Olivia en lacht naar iedereen. "Heb je hulp nodig, mama?" vraagt Ethan terwijl hij haar aankijkt. "Oh niet, kom maar naar mij toe Ethan. Je weet dat ik het liefst alleen in de keuken zit en kook. Op deze manier kan ik gezond eten." Ik ben er blij mee en geniet in alle rust van mijn kopje koffie. "Je zou een film kunnen kijken en jezelf vol kunnen proppen met snoepjes terwijl je toch bezig bent", stelt Jacob voor en Emma lacht. 'Maddy kan eten wat ze wil. Het is niet waarschijnlijk dat ze dik wordt.' "Dat is uitstekend. Er zijn vrouwen die niet alles kunnen binnenkrijgen wat ze willen eten en die controle moeten hebben over hun lichaamsvorm." Ik glimlach en eet mijn ontbijt op. 'Welke film willen de dames kijken?' Noah vraagt het ons, en Emma kijkt naar mij. 'Het maakt mij niet uit. Zoek maar naar Emma.'

"Je werkt niet vandaag Maddy! Vandaag is het Kerstmis!" zegt mijn lieve vriend met een glimlach. Ze kan een beetje eigenwijs zijn. Ik zucht en rol met mijn ogen. Ik zucht. "Ik ga vandaag niet op mijn MacBook werken en de film kijken." "Oké dan, Dirty Dancing." 'We hebben het op de plank staan,' zegt Jacob, en Emma springt op van vreugde. "Laten we dan naar de woonkamer gaan." Emma pakt Noah's pols vast en trekt hem naar voren.

zelf. Ik kijk hoe ze allebei weglopen en rol dan ongenoegen met mijn ogen. 'Ik breng je naar de woonkamer. 'Vanavond na het eten wil ik je graag bij mij thuis uitnodigen voor een glas rode wijn,' stelt Ethan voor, en ik glimlach. 'In volgorde. Dat vind ik prima.' Ethans ogen glinsteren een paar seconden en ik voel de opwinding. Vanavond ga ik genieten van zijn lounge. Ethan tilt me liefdevol op, brengt me naar de woonkamer en legt me dan neer op de bank. Hij legt mijn voeten op een hoop kussens en loopt weg. Noah zet de film aan en nestelt zich met Emma. De hele film denk ik altijd aan wat er in de rode kamer te wachten staat. Daarom doe ik dat niet geniet van de film.

De enige keer dat het beter wordt, is wanneer Emma een zakdoekje pakt, want dat is prachtig. "Dit is echte liefde. "Die twee gaan zo goed samen", zucht ze, en ik glimlach langzaam. Ze passen uitstekend bij elkaar. Ze weten niets van BDSM. In de middag komen we samen en genieten we van taarten. , koekjes en taarten. "Probeer jezelf niet zo vol, anders past er niets meer van je avondeten." "Het is heerlijk mama. "Je kunt perfect bakken." "Maddy kan ook bakken en dat doet ze best goed." Emma neemt nu deel aan het gesprek en iedereen staart naar mij. "Nou, in mijn vrije tijd bak ik liever taarten dan taarten of koekjes." "En ze zijn ook heerlijk. Ze bevatten veel calorieën. Het is de moeite waard om ervan te genieten." Emma is erg enthousiast over mijn bakkunsten en het water loopt me in de mond. 'Stop met dat waanzinnige bakken, Emma! Op een gegeven moment laten we Maddy de keuken binnen, waar ze haar bakkunsten kan ontwikkelen en samen met ons kan bakken. Als ze geïnteresseerd is.'

Olivia lacht naar me terwijl ik lach. "Ja, misschien. Dat kan ik op dit moment niet, omdat ik te veel werk heb en de zomercollectie gemaakt moet worden." 'Maar nu niet. Je hebt vakantie tot vier januari. Daar moet je je voordeel mee doen.' Emma is serieus en drinkt rustig van haar koffie. "Ja dat kan, het is prima. Ik neem vakantie en zal daarom niet werken. Maar,

Ik kan het niet garanderen.' Ik leun achterover op de stoel en staar naar Emma. 'Dat zou je moeten doen, Madison Bennett!' Ik steek beide handen op en knijp woedend mijn ogen tot spleetjes. 'Ja, het is oké, Emma. "Ik beloof hierbij dat ik niet in het bijzijn van getuigen zal werken", beaam ik en Emma glimlacht. "Daar kan ik mee leven, en de anderen ook." Ik mompel en nip van mijn kopje koffie. Als ik terugkom in de woonkamer, draagt Ethan me nog een keer. Hij zet mij op de bank en biedt mij wat te drinken aan.

Als ik eenmaal thuis ben, lees ik een e-boek en verdwaal ik in het verhaal. Het duurde niet lang voordat ik in slaap begon te vallen. Het boek valt op de grond en sluit zichzelf vervolgens. 's Nachts word ik wakker door een zachte aanraking op mijn wang en vervolgens kusjes op mijn lippen. Ik gaap en knipper tot ik Ethan boven me zie. "Goed geslapen? "Het is tijd voor het eten", fluistert hij en ik sta op. Dan pakt hij me vast en neemt me mee naar de eetzaal. "Moment! "Zie ik er goed uit?" Ik vraag hem. Hij gaat verder met het steil maken van mijn haar. 'Mooi zoals altijd. Hoe je haar ook is.' Ethan lacht en zet me op de bank. Olivia zet voor iedereen iets op tafel en als ze zit, gaan we eten. "Wauw, dat smaakt heerlijk Olivia", zeg ik en ze is, zoals altijd, blij met dit compliment. "Je brengt me altijd in verlegenheid en dat maakt me blij." Olivia bloost lichtjes en Emma lacht zachtjes. De glimlach is van mij en ik eet in de rust. Het diner is rustig en we drinken daarna een uitstekende rode wijn en laten de avond tot rust komen. "Ik zou je Madison graag willen ontvoeren", zegt Ethan tegen iedereen en iedereen raakt gek. 'Graag gedaan, en Maddy zal dat zeker niet erg vinden.'

Ethan staat op, trekt de winterjassen aan en helpt me dan met het aantrekken van mijn jas. Hij trekt een sok over mijn enkelblessure en draagt mij vervolgens naar zijn huis. Vervolgens zette hij me in de fauteuil van zijn woonkamer, alsof hij mijn voet in de lucht stak en een glas wijn voor me inschenkte. "Vanavond stel ik je voor aan Maddy. Je hoeft echter niet zenuwachtig te zijn. Ik ga je niet blauw en groen maken hit. 'Zo ben ik niet,' begint Ethan, terwijl hij me met scherpe ogen aankijkt. "Maar voordat we beginnen, neem ik je mee door mijn slaapkamers en mocht je vragen hebben en mij vragen willen stellen, dan ben ik hier. We moeten niet beginnen alsof het niet duidelijk is wat er aan de hand is", voegt hij eraan toe. en ik drink een glas wijn. Het is een scherpe, zoete smaak waardoor ik een tintelend gevoel op mijn tong krijg. Vervolgens verwarmt het mijn lichaam totdat het de maag binnendringt. Ik knik langzaam na een slokje, en krijg al de neiging dronken te worden als Ethan mijn glas afzet. 'Kom naar Madison. Ik zal je binnen een paar minuten mijn kamers laten zien.'

Ethan haalt me op, zoals hij de hele dag zo vaak heeft gedaan. Hij verlaat het woongedeelte en daalt een trap af, die naar een stalen deur leidt. Mijn hart bonst terwijl ik nerveus word en bedenk of dit echt is waar ik op hoop. "Natuurlijk wil je dat graag! "Je hebt deze armband om en dat betekent dat je onder je kont geschopt wilt worden", schreeuwt mijn innerlijke stem en ik sla haar tegen de grond, waardoor ze wordt afgeslagen. Er is niets. Stilte. Het is al een tijdje stil. Ethan heeft de sleutel uit de haak naast de deur gehaald en steekt hem in het slot. Als hij op het punt staat de deuren te openen, draait hij zich om en kijkt me aandachtig aan bereid om in mijn slaapkamers te kijken? Wees niet bang. Ik geef u ruim de tijd om alle informatie te bestuderen en vragen te stellen die ik met zorg zal beantwoorden."

Ik keer terug naar zijn blik en haal diep adem. "Ja, ik ben er klaar voor, Ethan", laat ik hem weten, en hij geeft mij een kus op mijn voorhoofd. Dan opent hij de stalen deur, doet hem open en loopt naast mij de duisternis in. De deur waar we in zitten gaat dicht en het geluid galmt door het huis, de stilte wordt gevolgd door duisternis en stilte. 'Wacht even. Ik doe het licht uit.' Ethan zet me neer, laat me los en verdwijnt dan uit mijn zicht. Het is helemaal donker. Ik kan mijn handen niet voor mijn ogen zien. Ik hoor ook de voetstappen van Ethan. Daarna gaan de lichten aan en ben ik verblind. Daarom moet ik eerst mijn ogen scherpstellen voordat ik iets kan zien. Wanneer mijn

Als zijn ogen helder licht hebben, staat Ethan naast me en zucht opnieuw om me naar de wereld om me heen te laten staren.

Hoofdstuk 9

De kamer waarin we ons bevinden is enorm en is versierd met wijnrood. In het midden van de kamer staat een enorm hemelbed dat is bekleed met zwart en donkerrood beddengoed. Links ervan staat het donkerzwarte Sint-Andreaskruis met enkelboeien en handboeien. Aan de andere kant is een enorme zwarte plank met een verscheidenheid aan seksspeeltjes, zoals anale pluggen in verschillende maten en tinten, maar ook vibrators en dildo's. In de hoek hangen talloze floggers, kroppen en zwepen. Ook boeien voor enkels en handboeien zijn daar gesignaleerd, evenals kragen. Aan de andere kant van de kamer bevindt zich een plank met de tepelklemmen en gewichten. De deur komt uit in een andere kamer. Er is een kooi met een ketting aan de muur, en voerbakken.

Ik kijk Ethan ongemakkelijk aan voordat ik verder blijf staren. De kamer heeft ook een lier en een haak met een ronde punt. Om nog maar te zwijgen van het feit dat er nog een kamer is die volledig wit is. In het midden is het kantoor van een gynaecoloog en Ethan zit naast mij. "Ik heb hier dames die dol zijn op doktersspelletjes, en hun watermaagjes worden gecontroleerd. Maar dat is niet iets wat je zou moeten doen." "Absoluut niet." Ik loop de kamer uit, loop naar het bed en streel dan het beddengoed. 'En hoe vind je mijn kamers?' Ik draai me om en zie hoe Ethan zijn sokken en schoenen uittrekt. zijn shirt is de volgende. Mijn hart begint sneller te kloppen als ik een slok neem. "Eh... leuk. Dus... nou, dit is mijn eerste keer in redrooms," antwoord ik en hij houdt zijn ogen van mij af. Dit perfecte lichaam! Gewoon wegsmelten.

"Kleed je uit!" Zijn stem is veranderd. Hard en ruw. Ik ga op het bed ernaast zitten en kijk hem aan. Na een tijdje trek ik mijn kleren uit. Mijn kleren vallen op de grond en kort daarna lig ik naakt op de grond. Ethan loopt naar mij toe.

Zijn linkerhand ligt begraven in mijn haar en trekt mijn hoofd terug naar mijn nek. Zijn lippen raken de mijne, en zijn tong beweegt over mijn mond en ik ontspan mijn mond. De kus is stevig roekeloos en oncontroleerbaar. Hij pakt mijn rechterborst steviger vast en kneedt hem vervolgens snel. Mijn stem is zacht, Ethan gromt tevreden en neemt me mee. Hij zit aan één kant van zijn matras en wrijft over zijn benen. "Ga bovenop liggen, benen gespreid", beveelt de man me diep te ademen en vervolgens zijn instructies op te volgen. Als ik eenmaal op zijn schoot lig, geeft hij mij een klap met zijn rechterhand en slaat vervolgens met zijn linkerhand stevig op mijn billen. Ik hoor een schreeuw, ik ben geschokt en voel een licht ongemak.

'Om te beginnen, 20 slagen. Maddy en ik willen dat je ze telt.' Dan wordt de volgende afgeleverd, maar deze was moeilijker en ik schreeuw. Na de derde trek verandert de pijn in vreugde en beginnen mijn billen te tintelen. Ik tel de slagen, soms zijn ze zacht en soms zijn ze intenser en voel ik de nattigheid in mijn benen. Ik had geen idee dat het mij in deze mate zou irriteren. De genadeslag was pijnlijker en ik kon het getal 20 bijna niet verwijderen. Ethan steekt twee vingers in mijn toch al natte vagina en ik schud. God, als hij niet hetzelfde tempo aanhoudt, kom ik meteen terug. Ethan is zich hiervan bewust, trekt me terug en tilt me op. Hij legt me neer om te slapen, en ik ga op mijn buik liggen, en Ethan tilt mijn bekken op zodat het mijn buik naar hem toe strekt. De matras zakt onder mij weg. Dan merk ik dat het puntje van zijn penis vlakbij de opening van mijn vagina ligt en hij trekt zichzelf centimeter voor centimeter verder naar binnen. Ik kreun en dan is de klap gewelddadig.

"Shht! "Stil!" beveelt Ethan. Hij pakt mijn heupen vast en begint me dan elke keer op mijn rug te slaan. Zijn vingers doorboren het zachte vlees van de heupen. Ik klem mijn kaken op elkaar en voel zijn kaken op mijn schouders. Dan beweegt hij verder naar beneden. Hij brengt ons allebei dichter bij een orgasme en markeert zijn voetafdruk op de mijne

Huid. En wanneer het in mij ontploft. Ik kom weer tevoorschijn en roep van vreugde zijn naam. Mijn spieren in mijn lichaam trekken samen, waardoor Ethan klaarkomt. Na een paar minuten ging ik in de kussens liggen, mijn ogen dicht, en Ethan kan me wegtrekken. Ik glimlach in het kussen. Ethan geeft me een wasbeurt en wikkelt me in. "Rust, Maddy. "Ik kom je meteen halen", fluistert Ethan tegen me. Ik mompel iets voordat ik wegdommel. Ik weet zeker dat ik in slaap ben gevallen sinds ik wakker werd. Ik lig met Ethan op mijn bed.

Hij zoog me in zijn armen en legde me op zijn rug, drukte zich tegen me aan en zijn hoofd bedekt door mijn haar. Ik gaapte en ging plagend van hem weg voor een toiletbezoek. Het is echt vreemd, aangezien hij niet echt van me houdt en niets met mij te maken heeft, behalve dat hij een seksuele relatie met mij heeft gehad. *Wees niet zo dwaas, Maddy! Het is maar een klein subje. Er is niets meer dat mijn innerlijke stem zegt dat ik moet stoppen en ik vraag me af wat ze heeft gedaan om uit de kooi te ontsnappen. Trots overhandigt ze mij de sleutel, en ik haal haar naar beneden. Voordat je terugkeert naar Ethan. Hij ligt op zijn bed en staart naar mij. 'Goedemorgen, Maddy. Heb je goed geslapen?' 'Ja, dat heb ik gedaan, Ethan.' Ik ga op mijn matras liggen en strek mijn enkel die verstuikt is. "Heb je pijn?" Ik schud mijn hoofd en haal diep adem. "Ik zal ontbijt voor ons maken."

In een oogwenk weet ik het, hij legt zijn lippen op de mijne en kust me hartstochtelijk. Vervolgens liet hij me los en ging naakt de badkamer in. Ik zie hem verdwijnen en moet glimlachen. Dan krijg ik een bericht van Emma en lees ik het bericht.

Goedemorgen, Maddy! Noah wil graag dat ik de wereld informeer dat zijn verjaardag op 20 januari zal zijn. Emma! *

Ik beëindig het bericht en zet de telefoon uit totdat Ethan weer verschijnt. Hij is gekleed in een spijkerbroek met een wit overhemd. Hij geeft me kleren om te dragen. Vervolgens verlaat hij de kamer.

en ik kleed mezelf aan. Zodra ik geschikt ben voor een mens, ga ik met Ethan mee en neem plaats aan de ontbijtbar in onze keuken. Daar kan ik toekijken hoe Ethan zowel roerei als spek kookt. Ondertussen stroomt er koffie en ook de sapcentrifuge is in werking. 'Over vijf dagen is het oudejaarsfeest. Heb je voor de gelegenheid een formele jurk met een bijpassend masker?' Ik kijk weg van de sapcentrifuge en kijk Ethan in de ogen. 'Nog niet, maar ik haal er wel eentje.' "Dat gaan we samen doen." 'Jij en winkelen? Dit is ongebruikelijk omdat mannen niet van winkelen houden.' Ethan glimlacht, zet het eten op twee borden en zet de vers geperste koffie en het vers gemaakte sap ernaast. We ontbijten samen en dan brengt hij me naar zijn privébibliotheek. 'Ik moet wat werk doen via mijn computer. Blijf hier en zorg dat je voeten veilig zijn.'

"Oke." Ethan loopt de bibliotheek uit. Ik pak mijn eerste roman die ik tegenkom en begin te lezen. Ik kan me echter niet concentreren omdat Ethan mijn gedachten overneemt en ik mijn boek moet opbergen. Ethan. Hij is een gesloten boek en ik weet niet zeker hoe ik zijn gedachten moet begrijpen. Wat is er aan de hand? Het eerste om op te merken is dat het sexy en heet is. Ten tweede wil hij geen nieuwe relatie meer hebben, omdat het een diep kwetsende ervaring was met een ex-vriendin en daarna. Hij is een krachtige controlefanaat. Toch smelt ik als hij naar me kijkt of over mijn huid wrijft. Alleen al de gedachte eraan zorgt ervoor dat mijn maag zich samentrekt en alle kanten op gaat. Het is een normale reactie voor een man, maar als dit niet opnieuw een affaire wil veroorzaken, kan ik het beter vergeten. Ik kan niet de rest van mijn leven zijn ondergeschikte blijven. Uiteindelijk zou ik graag een partner willen vinden om mee te leven en een heel gezin te stichten. "Waar denk je aan?" Ethan staat voor de deur, zit op de deurpost en staart naar mij met zijn schouders over elkaar. Ik pak het boek en trek mijn schouders op.

'Niets belangrijks,' zeg ik glimlachend en hij lijkt te overwegen of hij mijn woorden moet vertrouwen of niet. Hij knikt ten slotte en werpt een blik op het uitzicht vanuit het raam. "We zijn uitgenodigd voor een lunch bij mijn ouders thuis, maar dat hoeft niet. Dat kan wel

Ook tijdens het winkelen kunt u heerlijk uit eten gaan en winkelen. Kun je wandelen?" "Ja, ik kan de hele dag lopen." "Dan gaan we vandaag de stad in." Ik knik, kleed me aan en als Ethan alles heeft opgeruimd, gaan we op pad. terug in de auto. Terwijl ik de stad in rij, denk ik na over wat ik zoek en maak aantekeningen in mijn hoofd. "Waar denk je aan?", vraagt Ethan me later en parkeert dan in een garage vertel het hem. We verlaten de parkeerplaats en gaan naar het centrum om te winkelen. Het is druk die dag. Ethan houdt mijn arm stevig vast om ervoor te zorgen dat ik niet afdwaal.

Het is zo schattig, het is alsof we twee zijn, maar we zijn geen van beiden. Dat zullen we nooit zijn. Ethan bekijkt me aandachtig, fronst dan en trekt me mee naar een winkel. Prada. Er wordt meteen een verkoper naar ons toe gebracht, die een leeg dienblad met twee champagneglazen vasthoudt. Ethan glimlacht, pakt de twee glazen en geeft mij er een. Ik neem een slok van de mousserende wijn, hij smaakt naar mousserend, en ik proef het door mijn buik. "We hebben een jurk nodig voor de avond voor mijn gast hier. Oogmaskers passen goed", legt Ethan uit, terwijl de verkoper me aandachtig bekijkt voordat hij wegrent. Ik geniet net van nog een glas champagne als ze verschijnt met een paar formele jurken. "Probeer ze eens op Madison", zegt Ethan, de verkoper. Ze begeleidt me naar de kleedkamers voordat ik weer achter de gordijnen kruip. De eerste jurk heeft de kleur wijn en valt tot op mijn knieën, en aan de bovenkant was hij te groot. Als ik de jurk aan Ethan laat zien, is hij een beetje in de war en ik probeer ze de een na de ander aan te trekken.

Elke jurk die ik zie is niet voldoende, ik heb er dringend behoefte aan, maar de verkoper is er enthousiast over. Dan het moment dat ik een blauwe avondjurk draag, en Ethan lacht en knikt. De jurk is getailleerd op de heupen, valt zacht naar beneden en is asymmetrisch. De verkoper is gewapend met een lichtblauw oogmasker, versierd met kristallen en afhankelijk van de positie in het licht kan het schijnen. "Ja, ik koop de jurk en het oogmasker. Heb je bijpassende schoenen?" De

De verkoper lacht en knikt. "Welke schoenmaat heeft u mevrouw?" "39." Ze verdween snel en bracht me lichtblauwe glinsterende hoge hakken. Ik trek ze aan en ga voor de spiegel zitten. In de spiegel onderzoek ik mezelf zorgvuldig en ben zeer tevreden. Vervolgens neem ik alles terug. De verkoper pakt vervolgens de artikelen in en Ethan is degene die alles betaalt. Nadat we de winkel hebben verlaten, wil ik de tassen meenemen, maar Ethan houdt de tassen vast.

"Ik draag ze al." Ik mopper van ongenoegen en zucht. Het pad dat we nemen leidt ons naar een juwelierszaak en ik trek mijn wenkbrauw op naar Ethan. "Ik heb geen sieraden nodig om Oud en Nieuw te vieren, want ik heb er al een paar in huis. Bovendien moet ik een uitstapje naar het toilet maken." Ethan kijkt weg van de diamanten ring en staart mij aan. 'Ga dan maar even naar het toilet. Ik wacht hier op je.' Ik zucht en laat hem gaan en verdween in de menigte. Het was even zoeken naar de badkamer en het was even wachten tot er een ruimte vrijkwam. Na 3 minuten kan ik mijn gang gaan, maar de dames verlaten de kamer en ik ben de enige persoon die nog over is. Terwijl ik aan het blozen ben, is er een andere vrouw in de badkamer en ik verlaat mijn badkamer. Daarna was ik mijn handen en denk na. Ik weet niet wat ik van Ethan moet denken en ik krijg de indruk dat hij uniek is, of beter gezegd, dat hij aan het veranderen is. Ik geloof op zijn minst dat hij aan het veranderen is. Of misschien klopt mijn perceptie niet. Maar ik denk het niet.

Ethan transformeert en ik weet zeker dat hij op een gegeven moment een minnaar van mij zal worden. Het is een beetje absurd, aangezien ik geen fan ben van zijn persoonlijkheid. Of? Ik doorzoek mijn tas om mijn mobiele telefoon te vinden om te controleren wat Emma mij een bericht heeft gestuurd, maar ik kan geen persoon zien. Terwijl ik de telefoon in mijn handpalm houd, voel ik een scherpe steek in mijn keel. Ik ga dan rond. Nathalie. "Wat heb je gedaan?" Ik vraag haar. opeens zoek ik steun in de gootsteen. Ik kan het niet vinden, maar ik stootte mijn hoofd erop en kan alleen maar sterren zien. Een briesje waait over mijn gezicht, een warm gevoel druipt langs mijn gezicht, terwijl mijn omgeving geweldig is.

vervaagd. "Breng de slachtoffers naar een plek waar ze niet opgemerkt zullen worden. "Ik zal voor Ethan zorgen en hem over haar troosten", is het enige dat ik hoor. Ik word van de grond getild en de duisternis in gezogen...

Hoofdstuk 10

Ethan kijkt naar zijn Rolex-horloge en zucht, wetende dat het niet lang zal duren voordat Maddy naar huis terugkeert. Ze roept: 'Ethan lieverd! Wacht je nog steeds op mij?' Hij draait zich om en ziet Nathalie voor hem staan met de woorden: "Wat doe jij hier?" en vraagt: "Volgde je ons?" Ethan wordt boos als Nathalie naar hem toe loopt met nog meer vragen zoals deze: volgde Nathalie hen?' Ethan gromt voordat hij weer om zich heen kijkt naar Madison; hij ziet er zo uit. Waar is ze? Hij wil Nathalie eindelijk achterlaten, dus Ethan draait zich met grote en samengeknepen ogen terug naar Nathalie voordat ze ze verder samenknijpt met "Oh, zoek je Maddy? Ik zag haar eerder in het toilet en toen verdween ze met een andere man." Ethan draait zich om en loopt door de menigte voordat hij aanklopt en vraagt of er iemand is voordat hij het damestoilet binnengaat - toen er geen antwoord kwam, wist hij dat er iets mis was en ging naar binnen, alleen omdat er niet tussen hen iets mis was.

Ethan detecteert de geur van mannelijke wierook in de lucht; bij inspectie ontdekt hij een gebruikte spuit onder de gootsteen die hij voorzichtig oppakt voordat hij snel het damestoilet verlaat en buiten met zijn mobiele telefoon een nummer belt. "Braden? Ja, precies Ethan hier," bevestigt hij voordat hij belt. Ethan hangt op, legt zijn telefoon weg, laadt de boodschappen in zijn auto en gaat naar huis. Onderweg vloekt Ethan als een gek; in het bijzonder zichzelf de schuld gevend dat Maddy werd meegenomen. "Shit!" Hij komt eindelijk snel bij zijn huis aan, stapt uit en brengt boodschappen; dan rent hij naar de overkant om zijn ouders te zien voordat hij hun huis binnengaat. 'Ethan! Maar je bent te laat. Waar is Maddy?' Zijn moeder staat bij de keukendeur en kijkt bezorgd naar Ethan terwijl ze elkaar daar die avond ontmoeten voor het avondeten.

'Nathalie! Maddy was ons ontnomen!' Ethan neemt op terwijl zijn telefoon opnieuw overgaat en Braden zelfstandig terugbelt.
Ethan besluit snel Noah en Ethan buiten Seattle te ontmoeten in een leeg pakhuis in de buurt; beide broers zullen elkaar daar ontmoeten, samen met Ethan die met zijn auto met hoge snelheid een industriegebied buiten Seattle binnenrijdt ... Ethan kijkt naar Noah die het lijkt te begrijpen en een wapen in zijn zak steekt zodra ze hun respectievelijke huizen verlaten. Ze stormen allebei kort daarna samen naar buiten in de auto van Ethan en rijden snel een industriegebied buiten Seattle binnen...

Mijn lichaam keert langzaam naar mij terug met een enorme hoofdpijn. Onzeker over waar ik ben, als mijn ogen opengaan, bevind ik me in een leeg pakhuis vol met puin zoals puin en stenen, ramen die ooit in fragmenten waren gebroken en overal gebroken glasscherven verspreid over de vloer. Mijn handen en enkels waren vastgebonden, er zat tape over mijn mond en kettingen rammelden tegen elkaar als ik rechtop ging zitten. Een halsband sierde mijn nek, terwijl een andere zware ketting van daaruit naar een zware ketting in de muur achter mij leidde; Ik zat op een oude, muffe matras terwijl mijn hoofd hevig bonkte; het leek alsof mijn omgeving in harmonie met zichzelf draaide en me misselijk maakte. Ik weet wie mij heeft laten ontvoeren: Nathalie. Dus leun ik tegen de muur, haal diep adem door mijn neus, kijk om me heen - er zijn hier geen begeleiders, dus wat ik ook doe, ze zullen zich er niet mee bemoeien. Met niets anders te verliezen dan mijn met tape dichtgeplakte mond, trek ik alles er snel af.

Buiten hoorde ik dat er grind werd gegooid, deuren dichtsloegen en de deur van het magazijn met grote kracht werd geopend. Buiten begon het zonlicht binnen te dringen, maar bereikte mij niet direct toen ik probeerde te zien wie daar bij de ingang stond - mijn ogen schoten naar achteren toen Ethan snel naar me toe kwam, mijn polsboeien van beide enkels verwijderde, me van deze halsband bevrijdde en me voorzichtig op de grond tilde. zijn schouders terwijl Noah mijn spullen vasthield terwijl Ethan me met beide handen naar buiten droeg in de volle zon, terwijl mijn hoofd non-stop bleef bonzen!

"Laat je onderzoeken!" Ethan beval, Noah en een andere man knikten en ik werd in Ethan's auto geplaatst - waarna ik werd vastgebonden terwijl ik achter me zat en wegreed!

Ik leunde met mijn hoofd tegen het raam en sloot mijn ogen. Ik was nog nooit zo bang geweest sinds ik jaren geleden mijn armband verloor. Ethan haalde me abrupt uit de auto en droeg me naar het ziekenhuis, waar vier artsen mijn hoofdletsel onderzochten en behandelden met strakke verbanden. Ethan knikte begrijpend terwijl ze me medicijnen gaven om in te nemen voordat ze me weer in zijn armen oppakten om weer naar buiten te dragen waar hij me veilig in onze auto zette voordat hij wegreed zonder iets tegen me te zeggen tijdens onze rit naar huis.

'Nathalie heeft me aangevallen in het damestoilet,' begin ik. Ethan stopt bij een rood licht en knikt; toen Nathalie hem vertelde dat je er met een andere man vandoor was gegaan, knikte hij opnieuw; Eindelijk stoppen we zijn auto bij het huis van zijn ouders. We stappen allemaal uit en slaan de armen stevig om elkaars middel voordat we ons gesprek voortzetten. Vlak voordat ze onze voordeur bereikte, deed Emma de deur plotseling wijd open en omhelsde me stevig, waardoor ik geen tijd had om uit te leggen dat ik zowel hoofdpijn als een hersenschudding had. Emma liet me toen onmiddellijk los en knikte meelevend. "Auw!" ' Riep ik uit en keek bezorgd naar Emma voordat ik losliet en weer wegkeek. Ze pakte mijn hand en leidde me de trap op naar Ethans oude slaapkamer, trok de dekens van zijn bed naar achteren, duwde me er zachtjes in en trok mijn schoenen, sokken en broek uit. 'Nu is het belangrijk dat je zo snel mogelijk rust, zodat we over een paar uur eten kunnen serveren,' zei ze serieus voordat ze me weer bedekte.

Ze glimlacht gedag en vertrekt, mij alleen achterlatend om op mijn zij te draaien en uit het raam te kijken.
Haal diep adem, denk aan Nathalie en deze ontvoering, knijp mijn ogen een beetje samen terwijl ik bedenk hoe Ethan Nathalie misschien heeft geholpen mijn armband van mij af te pakken - iets wat mijn keel verstrakt, verstrakt als de gedachte terugkomt: Ethan zou misschien wel in bed kunnen komen Nathalie achter mijn rug of vergelijk ons, waardoor mijn borst pijn doet als ik te lang aan deze situatie denk. Het is het beste om er niet te lang bij stil te staan voordat u uw ogen sluit en gaat slapen; Op die manier heeft je lichaam de rustgevende slaap nodig die het nodig heeft en wordt je pas morgenochtend wakker.

"Hoe is het met je?" Als ik me omdraai, ligt Ethan heerlijk te slapen met zijn arm achter zijn hoofd. Hoewel deze situatie misschien eenvoudig lijkt, begrijp ik niet echt wat Ethan drijft of wat zijn gedachten kunnen zijn; dus voor mijn eigen veiligheid geef ik er de voorkeur aan te wachten en extra voorzichtig te zijn voordat ik iets zeg. "Hoe is het met je?" Ik informeer. "O ja. Hoe gaat het met mij?" Ethan heeft zijn ogen gesloten en wacht tot ik antwoord geef op zijn vraag waarom mijn hoofdpijn is afgenomen en mijn symptomen zijn verbeterd, waarop ik bevestigend antwoord. Ethan doet even zijn ogen open om me te controleren, knikt en gaapt luid terwijl hij met zijn hoofd knikt en knikt als antwoord: "Oh, je lag al die tijd gewoon te slapen." Mensen bleven je echter controleren. Je moeder zei dat het normaal is als iemand een hersenschudding heeft gehad.' 'Oké, en mijn excuses aan Ethan; Ik zou nooit met een andere man zijn weggegaan zonder het je vooraf te vertellen en ook de armband is verdwenen. Je hoeft je niet te verontschuldigen Maddy; het enige dat voor mij telde was jouw welzijn.' 'Maddy, je bent geen verontschuldiging verschuldigd, aangezien de armband er niet toe doet; het enige waar ik om gaf was jij Maddy!"

'Je leven is belangrijker dan die stomme armband.' Oh nee! Hij lijkt gevoelens voor mij te hebben! 'Doe niet zo gek Maddy! Als hij je beu wordt, laat hij je vallen als een hete aardappel* herinnert mijn onderbewustzijn me eraan en ik zoek naar mijn andere zelf. Helaas is deze verdwenen...

Ach ja, mijn onderbewustzijn zal onvermijdelijk mijn dromen, wensen en hoop als ballonnen laten knallen. Ethan zorgde ervoor dat ik niet meer met mijn onderbewustzijn kon praten door te vragen: "Waar denk je aan?" Zijn vraag bracht bij mij te snel een antwoord teweeg dat nergens op sloeg; 'Niets', was het enige dat er snel uitkwam voordat Ethan een wenkbrauw optrok met 'Maddy!' Zijn stem klonk enigszins dreigend terwijl ik kippenvel kreeg. 'Nou, ik heb zitten nadenken,' was het enige dat eruit kwam voordat ik eruit flapte terwijl ik hard op mijn onderlip beet voordat ik weer een gesprek met mezelf aanging over mijn geheimen, waar hij helemaal niets mee te maken had!

Ethan gaat rechtop zitten, houdt mijn onderlip tussen zijn duim en wijsvinger en duwt me met zijn andere hand dichterbij. Onze gezichten zijn nu heel dichtbij terwijl ik nog steeds in zijn ogen staar terwijl hij zachtjes op mijn onderlip knabbelt voordat hij zijn tong in mijn mond steekt om me agressiever te kussen. Mijn slipje wordt nat naarmate de kus intenser wordt. Er werd plotseling op de deur geklopt en toen deze openging, kwam Olivia binnen. Zodra ze dat deed, stopten we met elkaar te zoenen en keken we rechtstreeks naar Olivia die zei: "Goedemorgen!" Mijn hart klopte onmiddellijk sneller toen mijn gezicht warm werd toen we elkaar in de ogen keken en Olivia onze volledige aandacht gaven. "Goedemorgen!" "Goedemorgen! Wat hebben we hier vandaag?" "Hallo jullie twee!" "Goedemorgen! Fijne ochtend!" "Goedemorgen!" antwoordde ze glimlachend terwijl Olivia ons allebei met open armen verwelkomde. "Goedemorgen". Madison glimlacht geruststellend terug voordat ze opgelucht in slaap valt en zich naar mij toedraait om te antwoorden dat ze zich veel beter voelde - haar beide hoofdpijnen waren gelukkig verdwenen - voordat ze weer knikte en naar hem keek en zei: "Dan zou ik willen voorstellen om uit bed te komen en mee te doen ons beneden voor het ontbijt.

Maar raak niet opgewonden en overdrijf," Olivia draait zich weer naar mij om en ik knik. Ethan knikt ook en Olivia laat ons weer met rust. Als het ochtend wordt, stap ik uit bed, open de kast waar de aankopen van gisteren nog ingepakt liggen, trek mijn trui en spijkerbroek aan terwijl ik wacht op Ethan, die ook net uit bed is gekomen en aangekleed voor onze deur staat. Toen ik aangekleed was, opende hij hem voor me, zodat we allebei samen naar de eetkamer gingen waar iedereen al zat te wachten glimlachen op gezichten die me begroetten zoals voorheen. Ik ging zitten tussen de glimlachen voordat ik tussen vrienden ging zitten!

Aan tafel en voor mij lagen verschillende dranken om uit te kiezen: koffie, thee, sap en warme chocolademelk behoren tot mijn opties; mijn voorkeur gaat uit naar koffie, waar ik meteen een goed gevoel van krijg na het nemen van mijn eerste slok. Vervolgens komen er pannenkoeken met veel siroop die ik kan opeten voordat mijn maaltijd eindigt.

"Morgen is het oudejaarsfeest. Ben je van plan mee te doen of wil je liever gewoon ontspannen?" vroeg Jacob en alle ogen waren naar mij gericht voor mijn antwoord. Ik reageerde snel door tegen Jacob te zeggen dat ik er zou zijn: "Nee bedankt Jacob; feestjes zijn mijn ding en zoiets zal ik niet missen." Emma omhelsde me hartelijk toen we samen vertrokken om 2016 te verwelkomen. "Natuurlijk zullen we ervoor zorgen dat je het niet overdrijft en alcohol vermijdt", kwam Noah tussenbeide en ik trok een wenkbrauw op. Ik antwoordde toen dat ik, eenmaal thuis, gewoon terug zou gaan naar mijn bank en een grote bak popcorn zou verslinden terwijl ik al mijn gebeurtenissen op televisie zou bekijken - maak je alsjeblieft geen zorgen, dat is mijn zaak en alles is goed!" "Laat maar, Noah! Ik blijf bij haar en help voor haar zorgen; Zorg jij voor Emma.' Noah knikte en at zijn maaltijd op voordat hij weer ging zitten voordat hij knikte en terugknikte voordat hij uiteindelijk weer ging zitten en iets zei als: 'Mijn excuses Maddy. Ik wilde je vertellen wat je wel en niet moet doen." Ik keek Noah met grote ogen aan terwijl ik diep ademhaalde.

Net als Ethan letten ze niet echt op elkaar. Dus ik negeer het gewoon - want waarom ben ik bij Ethan als hij niets van mij nodig heeft en mijn hart toch meer naar hem verlangt? Gevoelens zijn verschrikkelijk en liefde kan wreed zijn. 'Maak je geen zorgen, Noah; het is in orde, ik vergeet gewoon de hele zaak.' Dus je wilde mij advies en suggesties geven? Emma giechelt terwijl ze me geamuseerd aankijkt. "Hebben we nog iets nodig voor het oudejaarsfeest?" Ik reageer verrast, maar knik langzaam terwijl Emma langzaam knikt ter bevestiging van mijn antwoord. Gedurende de rest van onze ontspannende en aangename dag samen brachten we onze tijd op ons gemak en ontspannen door. Ethan, nog steeds de afstandelijke, brengt het grootste deel van zijn tijd door met werken en zelden thuis. Emma vindt het idee om een bodyguard in te huren fantastisch en maakt daar misbruik van om zich een beroemdheid te voelen; uiteindelijk rijden we allemaal in een limousine door de stad.

Sindsdien ben ik enthousiast over wat 2017 voor mij in petto heeft en wat de verrassingen zijn.

Hoofdstuk 11

Op oudejaarsavond kwam Ethan me ophalen en bekeek me van top tot teen. Ik draag een lichtblauwe jurk met bijpassende schoenen en heb mijn haar in een knotje gedaan. "Ik zou je nu graag in bed leggen en je kussen, Madison. Maar als we dat niet doen, komen we niet meer naar het feest", zegt hij. Ik sluit hem in zijn armen en we gaan naar buiten. samen op naar de oudejaarsviering. We zetten onze maskers op en betraden het feest en werden omringd door mensen. Buiten, in de tuin, treedt de band op op een klein platform. Talloze paren dansen en zijn elegant gekleed. Er zijn buffetten met snacks, drankjes en tafels met stoelen. Ik kijk nieuwsgierig rond en Emma is vol ontzag en komt naar ons toe. Ze draagt een rode nauwsluitende jurk en is duizelig van vreugde naar ons. "Hallo jullie twee! Maddy, jullie zien er fantastisch uit.

"Maar ik laat jullie weer met rust, want ik zoek Noah", zegt ze tegen ons voordat ze in de menigte verdwijnt. Ik zie haar verdwijnen en lach. Zeker, Emma heeft veel te doen, en ze geeft seksueel genot zeker niet op. 'Dat zou jij ook niet moeten doen.' Mijn innerlijke stem. Ik zucht van binnen en kijk naar mijn ogen. "Wil je iets eten of drinken?" "Nee nee, ik heb al iets gehad. Misschien in de toekomst." Ethan knikt even, kijkt me serieus aan en leidt me dan naar buiten. Lichten en slingers sieren het landschap en baden de hele ruimte in licht. Ik ben er helemaal dol op. Maar ik ben Ethan niet en dat zal nooit gebeuren. Zelfs als mijn lichaam en mijn hart me vertellen dat dat zo is. Het is onmogelijk om emoties uit te schakelen en de liefde komt zonder waarschuwing op je af.

Een groot aantal gasten verwelkomt Ethan bij de deur, houdt hem vervolgens tegen en begint over zaken te praten. Hierdoor kan ik verdwalen in de menigte en de afstand tussen mij en Ethan behouden. Ik ga naar het buffet, haal diep adem en bekijk het eten.

dwalen. Je kunt zalmsalades vinden, eieren met een klodder kaviaar, enzovoort, die alleen de rijken consumeren. Ik frons mijn wenkbrauwen en neem dan een hap zalm. Ik doe het rustig aan, kijk dan naar mijn metgezellen en ben blij dat niemand mij herkent. 'Ben jij niet Madison Bennett? De populaire modeontwerper?' Een vrouwenstem haalt mij weg uit mijn gedachten. Ik kijk naar rechts en zie een oudere vrouw in een aquamarijnjurk. "En jij bent?" "Jennifer Hale. Redacteur van de Seattle

Story's en een uitstekende bekende van Olivia Caviness." Ze strekt haar hand naar mij uit, die ik schud en Ethan staat naast mij.

'Goedenavond, mevrouw Hale. Hoe is de toestand van uw man? John?' "Hij heeft veel dingen te bereiken en is vandaag ook aan het werk", antwoordt Jennifer en draait Ethans mooie ogen. Ik wend mijn blik af en kijk naar mijn ogen voordat ik terugkeer naar de menigte. Veel mensen herkennen mij en verwelkomen mij. Vervolgens komen ze naar mij toe en vragen om mijn handtekening. Uiteraard teken ik er een en behoud dan mijn volgers. totdat er een heer van middelbare leeftijd voor mij verschijnt en hallo zegt. "Harry Galen. "Regisseur en scenarioschrijver," Hij stelt zichzelf aan mij voor en ik schud zijn hand nogmaals. "Het is een eer om u te ontmoeten en ik ben meneer Galen. Ik hoef niets over mezelf te zeggen." We slenteren een bescheiden afstandje voordat we op een van de tafels gaan zitten.

"Mevrouw Bennett, ik wil u graag een aanbod doen: de volgende hoofdrol in mijn nieuwe grote film", biedt hij mij aan, en mijn ogen worden groter. 'Meen je dat? Het is belangrijk om te onthouden dat ik geen acteur ben, meneer Galen.' 'Natuurlijk ben ik me daarvan bewust, mevrouw Bennett, maar ik zou u graag als vrouwelijke hoofdrolspeler willen hebben.' "En wat is de naam van de nieuwe film?" "Liefde zegt ja en nee. Justin Night zal de mannelijke hoofdrol spelen. Ik stuur je het script en jij beslist." "Justin Night? Oh God, die man is echt geweldig en heeft al vijf Oscars gewonnen. Hij is pas 30 jaar oud." "En vooral: het beste dat er ooit was." "Ik zal

Kijk eens naar de heer Galen en ik weet zeker dat u de heer Galen in overweging zult nemen. Ik weet zeker dat u het daarmee eens zult zijn.' 'Geweldige mevrouw Bennett! Heb een prachtige avond."

Mijnheer. Galen neemt afscheid van mij, staat op en voegt zich bij de menigte. Ik glimlach de hele tijd terwijl ik aan mijn champagneglas nip. Het is slechts een kwestie van tijd voordat Emma opduikt en enigszins buiten adem lijkt. 'Heb je hem eerder gezien? 'Harry Galen is hier op dit feestje,' begint ze glimlachend als de man die ze is. 'Ik heb een band met Emma. Ik sprak met hem en hij stelde voor dat ik een gelegenheid zou spelen om Justin Night te spelen.' Emma's ogen worden groter, ze gilt van vreugde en de gasten staren ons aan. 'En?' "Wat zei je?" ' vraagt ze me fluisterend terwijl ze zich naar me toe buigt. "Ik zei tegen mij dat ik het script graag zou lezen en dat ik niet zou aarzelen om ja te zeggen." Emma kan nauwelijks haar mond houden en is euforisch. "Oh de man die Justin Night speelt, en eerlijk gezegd.

Als de dingen met Ethan niet gaan zoals gepland, misschien met dit mooie meisje.' We zullen plezier moeten hebben, onze vieringen moeten delen en een prachtige oudejaarsavond moeten hebben. Twee dagen later kreeg ik het script van de nieuwe film en, Kort daarna zat ik aan de ontbijttafel met een espresso. Ik was bij mij thuis sinds Emma ook een relatie heeft met Noah. Hij is zich er niet van bewust dat ik een script aan het lezen ben of zoiets Ik doe het, en het maakt hem niet uit. We hebben geen relatie. Bovendien wil ik niet dat hij verliefd op me wordt. Ik begin het script, lees het en word helemaal Het verhaal gaat over een vrouw wiens huwelijk kapot is gegaan en vastbesloten is een einde aan haar leven te maken. Een ex-Seal-commandant komt haar te hulp en probeert haar hart te winnen.

Dit is geen gemakkelijke taak omdat ze wars is van mannen. Als ik halverwege het schrijfproces ben, neem ik contact op met Galen en vraag of ze geïnteresseerd is in fotograferen. Hij is erg tevreden en geeft me de datum van mijn eerste shoot. De shoot zal binnen een week plaatsvinden in Londen. Het is een eerste test en als ik slaag, wordt ik neergeschoten. Ik pak mijn mobiele telefoon, bel Emma en informeer haar over alles. Emma is heel blij om van mij te horen, en ze zal de informatie als een undercoververhaal blijven houden.

uitstel. Na het gesprek lees ik het script en vergeet ik de tijd. Ik was rond het middaguur klaar met het script en stopte het in een oude kluis die ik vond en liet mijn gedachten afdwalen. Ik ga niets aan Ethan onthullen. Hij volgde me overal en keek naar me als de moederkloek. Ik wil hier graag vanaf. Uiteindelijk wil ik genieten van de rust en stilte van Nathalie. Het is tenminste mijn hoop.

In eerste instantie breng ik mijn dag door met opruimen en genieten van deze shoot. Tegen de avond kwam Ethan weer langs in zijn stijlvolle pak; toen hij weer voor me stond, leek hij echt geschokt toen ik nee zei toen hij begon te vragen me ergens mee uit eten te nemen. "Goedenavond Madison. "Ik zou je graag ergens mee naartoe willen nemen om te gaan eten", begon hij voordat hij me voor de tweede keer verraste door uitgebreid in te gaan op waar we later die avond konden eten - zelfs Noah en zijn ouders wisten niet wat Mijn plan was het volgende! Voordat ik hem achterliet, ging ik naar boven, waar ik voor een open kledingkast stond en zorgvuldig een avondjurk uitkoos, terwijl Ethan van buiten zijn deuropening toekeek en opmerkte hoe ontspannen vandaag anders was dan normaal, vergeleken met wanneer je normaal gesproken gespannener overkomt. Eindelijk gaf ik het zoeken op. Ik gaf het ergens voor op, terwijl Ethan zei: "Je doet het rustig aan vandaag Maddy; anders heb je de neiging net zo gespannen te worden als jijzelf', waarna ik na enkele pauzes in de zoekmodus opnieuw commentaar gaf en stopte. Ik pauzeerde in de zoekmodus voordat ik opnieuw begon voordat ik verder ging.

"Echt waar?" antwoordde ik terwijl ik mijn zalmkleurige avondjurk uit de kast trok. Toen hem werd gevraagd waarom, sloot Ethan de rits op mijn rug en begon tedere kusjes op mijn blote schouder te blazen; Ik verloor bijna mijn focus en onthulde mijn nieuwe plan. Om te voorkomen dat dit nog een keer gebeurt, maak ik mezelf voorzichtig van hem los en selecteer ik sieraden; Ik selecteerde bijpassende hoge hakken samen met mijn jas en sjaal voordat ik het huis verliet, vergezeld door Ethan die zijn deur openhield totdat we zijn auto bereikten en samen instapten.

Terwijl ik wachtte om mijn veiligheidsgordel vast te maken, kwam Ethan om de auto heen en ging achter het stuur zitten. Terwijl we samen wegreden terwijl zachte klassieke muziek mijn oren vulde, overwoog hij wat mijn plannen zouden zijn en vocht hij interne conflicten daarover uit; toch hoef ik mezelf niet te rechtvaardigen en hem elk detail te vertellen; we zijn niet getrouwd en aangezien hij er toch niets aan doet, zou ik andere mannen kunnen ontmoeten zonder Ethan helemaal nodig te hebben; hoewel mijn onderbewustzijn misschien anders zou zeggen en me zou vertellen dat ik van Ethan hou, maar weigert het toe te geven - iets wat noch ikzelf, noch Ethan wil. "Oh, hou je mond! Dat is gewoon niet waar!"

Ethan parkeert zijn auto voor een vijfsterrenrestaurant, houdt de deur open en nodigt mij uit. Nadat ik was uitgestapt, overhandigde hij de sleutels aan een jonge man voordat hij me naar binnen leidde en onze tafel voor twee aanbood (Caviness). Ethan trok mijn stoel onder de tafel vandaan en ging tegenover me zitten met één arm die een lege fles Chateau Haut+Brion-wijn uitstak; Ethan knikte, proefde van de fles en knikte opnieuw toen zijn wijnmaker, die ober was geworden, langskwam met een nieuwe fles; "Zeer goed; we nemen het!" Uiteindelijk zeiden we dat we het zouden aannemen!

'Dus Emma, waarom geef je je bedrijf aan je hulpsheriff?' ' vraagt Ethan me met zijn ogen op mij gericht en zijn vragende toon helder. Als de ober terugkomt met wijn voor ons, onderbreekt Ethan mijn antwoord door steeds opnieuw hetzelfde te vragen totdat hij eindelijk antwoord van mij kreeg. Tijdens onze gezamenlijke maaltijd viel er geen ongemakkelijke stilte toen Ethan eindelijk ophield met het stellen van zoveel vragen en zelfs toen Ethan me naar huis bracht, was de sfeer heel ontspannen.

Zodra we mijn huis bereikten, vroeg Ethan wat ik daar deed. Als antwoord haalde ik diep adem en bleef gewoon stil staan.

Hij komt er niet achter, en als ze dat wel weten, dan alleen via persberichten. Dus neem ik afscheid van hem en wens hem veel succes met zijn gezelschap terwijl ik hem op de lippen kus en mijn vingers door zijn haar haal voordat ik uit de auto stap en met een zucht vertrek. Misschien is het beter zo; Ethan kan iemand anders vinden die van hem houdt, terwijl ik iemand wil die mij echt waardeert en koestert, in plaats van iemand die er alleen maar is als onderdanigheid. Terwijl ik mijn sleutel ophaal, kijk ik weer naar Ethan; Misschien zie ik daar iets bijzonders? Nee; De verbeelding is niet beter dan de werkelijkheid, aangezien Ethan nooit meer verliefd wil worden!

Zodra ik mijn huis binnenkom en de deur achter Ethan sluit, is dat het beste. Met Justin Night iets nieuws beginnen is een spannend vooruitzicht; volgens berichten in de pers is hij charmant, knap en nog steeds ongebonden; daarom wordt hij door sommige mensen als homo beschouwd. Maar dat zal ik snel weten, aangezien mijn vliegtuig binnenkort naar Londen vertrekt. Voordat ik naar bed ga, gaan mijn laatste gedachten naar Ethan; Hij vraagt zich af wanneer hij erachter zal komen wie er in "Love Says Yes and No" zijn gecast. Toen ik dat nieuws hoorde, ging mijn laatste gedachte weer uit naar Emma, die voor alles zal zorgen totdat ik terugkom van mijn reis. Bij het ontwaken denk ik terug aan alles wat er tot nu toe tijdens deze reis is gebeurd; op een gegeven moment, kort daarna, wordt algemeen bekend welke acteurs zijn gecast voor "Love Says Yes and No".

Tot die tijd zal Ethan in het donker blijven of Emma op de proef stellen totdat ze hem vertelt wat hij moet horen. Ik wend me af en staar in de duisternis - mijn hart is van Ethan, maar hij erkent het niet, dus ik blijf weg en leid af - misschien vind ik dan iemand die echt van me houdt?
Mijn gedachten dwalen af naar Londen, terwijl Ethan voorlopig uit mijn gedachten blijft. Er verschijnt een glimlach om mijn lippen terwijl ik mijn ogen sluit en wegdwaal in dromen. Ik val in slaap en vergeet Ethan voorlopig helemaal.

Hoofdstuk 12

Londen en het regent. Gelukkig heb ik een paraplu in mijn tas, maar die heb ik niet echt nodig, want de zwarte limousine haalt me op. Het brengt mij naar mijn atelier. Als ik eenmaal in mijn tas zit, wordt de bagage opgeborgen en al snel vertrekken we. Ik sluit mijn mobiel aan en er verschijnen twee berichten. Emma's eerste.

"Hallo Mady!

Alles verloopt hier soepel en het huis is ook schoon. Ethan heeft al met mij gesproken, maar ik heb hem niets verteld. Hij zal zeker contact met je opnemen. Het is absoluut noodzakelijk om mij binnen de kortst mogelijke tijd over alles te informeren.

Kus Emma."

Ik lach en open dan de tweede e-mail die uiteraard van Ethan komt.

"Maddy! Waar ben je? Emma is gewoon thuis, maar ze zwijgt of vertel me iets! Ik zou graag willen weten waar je bent!

Ethan die boos begint te worden!"

Het bericht wordt keer op keer gelezen en ik moet hardop lachen. Dan schrijf ik hem terug.

"Waar ik ben, moet je weten? Waarom zou ik dit onthullen? We zijn niet verloofd, of zelfs maar getrouwd. Daarom is het niet jouw zorg, Ethan. Het zal binnenkort onthuld worden. Geniet van je tijd met Nathalie.

Madison geniet van een prachtig moment."

Ik laat de boodschap achter en de limousine verschijnt voor een enorme studio. De chauffeur wacht tot ik de deur opendoe. Ik loop de studio binnen en meneer Galen lacht naar me. "Mevrouw Bennett!

We zijn blij dat je hier bent. Heb je een goede reis gehad?" Stralend schudt meneer Galen mij de hand en neemt me mee naar de groep. Inclusief Justin Night. De man is een complete maniak. De lange, gespierde man draagt een skinny jeans en witte shirts. Justin kijkt ons aan. , hij ziet me en loopt dan glimlachend naar me toe. Hij laat me een reeks witte tanden zien. Ik ben blij u als gast te hebben. De collectie is prachtig en ik heb een garderobe die voortdurend wordt bijgewerkt met de nieuwste stijl voor mannen.

Toen ik erachter kwam dat je actrice speelde, sprong ik bijna overeind van opwinding. "Ik kijk er naar uit om met je samen te werken", verwelkomt hij me met een handdruk. Ook de andere leden verwelkomen mij met veel gelach. Dan verzamelen we voor onze eerste foto. Uiteraard moest ik auditie doen voor een rol om er zeker van te zijn dat deze succesvol was. Dus we zijn erbij, Justin en ik in het midden, en gefotografeerd. Dan ontvangen we het script en begint het filmen binnen twee dagen.

Het is maar goed dat ik op mijn camera zit en veel plezier heb. Ik ontvang elke dag berichten van Emma en Ethan, en het duurt niet lang voordat hij de locatie van mij heeft ontdekt. De tijd dat ik contact met hen had, bracht me dichter bij Justin en we gingen zelfs buiten rondhangen. Het was uiteraard meteen een schot in de roos bij de media, want de volgende dag stond er een belangrijk verhaal in de krant. De voorkant van de pagina is een grote foto waarop Justin en ik naar iets staren, en daarboven de kop:

"Hollywood's nieuwe droompaar!"

Uiteraard nam Emma onmiddellijk daarna contact met mij op en vroeg of het waar was. Daarna las ze het verhaal erover.

"De opnames voor de aankomende film van regisseur Harry Galen zijn nu drie weken bezig en er zijn twee mensen die elkaar naar verluidt op dezelfde plek hebben ontmoet. Justin Night (30) en Madison Bennett (23) worden veelvuldig gezien als een koppel in Londen Ze gingen onlangs naar Madam Tussauds en vertrokken met een glimlach. Een insider onthulde ook dat er veel opwinding was op de set. Het was meteen een hit en ze keken elkaar vol genegenheid aan een schattig stel. Het is waarschijnlijk dat er iets goeds uit de twee zal voortkomen, aangezien ze het perfecte stel zijn.' De opnames lopen tot eind november en er kunnen tot die tijd nog veel dingen gebeuren."

Natuurlijk vertelde ik Emma de waarheid dat zowel Justin als ik goede vrienden waren, en dat zij ook in mij geloofde. Maar iemand anders moet onmiddellijk contact opnemen en ik ben de rest van de dag vrij van mijn werk. Ik lig op de bank en blader door de kanalen wanneer mijn telefoon de liedjes van Meghan Trainer begint te streamen. Daarom wend ik mijn aandacht af van de televisie en pak mijn telefoon.

"En?"

'Is dat waar? Ben je bij die Justin Night-man?'

Ohhh. Meneer Ethan Caviness, de coole en dominante man is jaloers.

'En hoe zou jij je voelen als de situatie vergelijkbaar zou zijn met deze? Wat zou jij doen?' "Dus wat de media zeggen is de waarheid."

Oh God! Hoe dom kun je zijn? Denk je dat hij nog steeds gelooft dat de Kerstman bestaat?

'Ethan Hoe zie je eruit? De media houden ervan om dingen te verfraaien, en het enige wat ze krijgen zijn gratis geschenken. Als je een zakenman bent, ken je de valkuilen.'

Stilte. Volledige stilte aan de andere kant van de telefoon. Heeft hij teruggebeld?

'Ik ben het er ook weer mee eens. Verdomde Maddy! Ik maak me zorgen en ik zou graag naar Londen willen vliegen en je over mijn knie willen leggen.'

Zijn stem is ruw en donker en dat is precies wat mijn lichaam ertoe aanzet om te reageren. Ik denk er niet over na, maar ik raak mijn dijen aan en neem dan de tijd om diep adem te halen.

"Ethan, als je gemoedsrust wilt, kan ik je vertellen dat we over twee maanden terugvliegen om een paar scènes te filmen en er zijn zelfs seksscènes."

Er klinkt een gegrom in mijn oren en mijn geest is duizelig vanbinnen.

"Ethan Dit is de echte wereld. Dit is geen romantisch verhaal waarin jij een dominante controlefreak bent, en ik een sexy student ben die studenten interviewt voor de schoolkrant."

Oh! Ik bijt op mijn lip en trek hem dan in mijn mond.

"Je moet stoppen met kauwen op je onderlip. Dit ziet er niet geweldig uit op foto's of tijdens het filmen."

Deze man is echt angstaanjagend en is een meester van alle dingen.

"Ethan, ik ben moe en wil graag gaan slapen. Ik zie je over twee maanden weer. Welterusten."

Ik leg de telefoon neer en plaats de telefoon op mijn nachtkastje. Dan kruip ik in mijn dekbed en zet de televisie uit. Het is niet zo dat we allemaal in hotels wonen of appartementen hebben zoals de andere beroemdheden. We zitten in een uitgestrekt huis met alleen maar kamers, en op elke deur staat de naam. Maar zelfs als ik moe ben, denk ik nog steeds aan Ethan. De man van wie ik hou, maakt mij

Hij is nog steeds gek en begrijpt niet dat hij in mijn hart speelt. Het is waar dat hij niet beseft dat ik ook van hem hou. Wat moet ik doen om iets met Justin te beginnen? In het echte leven verleidt hij me een beetje en is hij ongelooflijk liefdevol. Soms denk ik dat de kussen in de film echt zijn.

Oké, stop nu. Zet al mijn gedachten uit mijn hoofd en ik dommel in slaap. Als de volgende ochtend de hotelservice bij mij aan de deur komt, haal ik me uit mijn deken en sta op. Dan trek ik mijn jurk aan, loop naar de deur en doe open. Maar het is geen roomservice of een van de acteurs, maar... 'Wat doe jij hier, Ethan?' Volg je mijn rug?' Geen antwoord. Ethan duwt me gewoon de kamer in en sluit de deuren achter zich, en ik loop weg. 'Ik sta niet toe dat je elkaar ontmoet in de vorm van Justin Night en geloof me. Dit zal niet veel tijd kosten. Daarom ging ik naar Londen en zocht je op. Het is ook eenvoudig omdat ze al weten hoe ik ben. Daarom kennen ze mij. Maddy, jij bent mijn speciale liefde. Ik zal altijd dicht bij je zijn en niemand kan beweren dat het geen connectie was met deze melkboer." Heb ik dit allemaal correct Denk je dat hij nu mijn toekomst probeert te bepalen, met wie ik ben en met wie ik niet ben ? Hij is gek!

"Zeg, heb je die knal niet gehoord, of zoiets? Geloof je echt in de media, ben je hier gekomen en wil je een beslissing nemen over mijn toekomst? Je bent de mout en de hop kwijt of je bent een controlefreak! Vlieg naar huis, en neuk dan je Nathalie! Je bent nu in de positie om het te doen en zij ook,' schreeuw ik naar hem en ik wil naar de wc, maar Ethan pakt mijn pols vast en draait me dan om. . Ethan duwt mijn lichaam tegen de muur. Ik kan mezelf niet verdedigen en de kussen zijn intens. De kus is hard en bedreigend. Zijn tong dringt hem bijna in mijn mond, en ik begin te smelten. Maar ik herinner me de woorden die hij altijd zei en ik duw hem weg. 'Ethan, ik denk niet dat het op deze manier werkt. Je kunt mij geen kus laten voelen en alles zal precies zijn zoals het jaren geleden was.' Ik vertrek nog maar een paar minuten vanaf Ethan

Doe een stap achteruit en kijk naar de buitenkant. 'Betekent dit dat je mij eruit gooit?'

'Ethan, je zult me nooit kunnen geven waar ik naar verlang.' 'Ik geef je alles wat je wilt, Maddy. Echt alles.' Ik werp een blik op Ethan en zie de tranen over mijn wangen lopen. "Nee, dat ga je niet doen. Nooit, omdat je geen vriendin meer wilt hebben. Je wilt nooit meer liefhebben of je binden. Ethan, ik hou van je vanaf het begin, maar deze liefde zal nooit door jou worden beantwoord. Daarom kun je beter nu weggaan, voordat de pijn nog erger wordt dan hij al is." Mijn stem is een fluistering en er vallen tranen over mijn wangen. Ethan gaat op de grond zitten en kijkt me aan. Hij komt dichter bij mij, legt zachtjes zijn handen op mijn hoofd en kan mij diep kussen. Dan loopt hij weg en loopt richting de deur. 'Ik kan je dit echt niet geven, maar ik wil je één ding vragen.'

Ik kijk naar Ethan en even lijkt er een vonkje genegenheid te zijn. Toen verdween het, en ik geloof dat het een leugen was. "Ik wil dat je me bezoekt wanneer ik een intieme sessie met je wil. Ik heb net op je buik geslagen, maar je moet de zweep of de zweep kunnen voelen. Vastgemaakt aan het kruis of vastgemaakt aan een bok", voegt hij eraan toe, en dan laat ik het aan mij over. Als de deur dicht is, zak ik naar de zijkant van het gebouw en glijd naar beneden. De tranen stromen water over mijn wangen. Ik huil voortdurend. Even later slaat iemand zijn arm om me heen en ik kijk op terwijl ik dacht dat Ethan van gedachten was veranderd. Het is eigenlijk Justin. "Mag ik je iets onthullen? Het is een geheim", begint hij terwijl hij mijn tranen wegveegt. "En wat?" Ik kan het hem vragen en kijk dan uit naar zijn antwoord.

"Eigenlijk houd ik niet echt van vrouwen, ik geef de voorkeur aan mannen. Maar niemand mag het weten, want ik wil niet dat iemand het weet." Ik ben klaar met huilen en kijk Justin vol ontzag aan. "Wauw, dat had ik niet gedacht en je geheim is veilig bij mij." Justin ademt opgelucht uit en glimlacht dan. 'Je kunt doen alsof je mij bent.

alsof je mijn alsof je mijn vriendin bent?' Ik sta op en glimlach naar Justin. 'Graag. Iedereen gelooft dat toch en alleen als je het niet erg vindt dat ik altijd naar Ethan ga.' Justin draait zijn hoofd om en gaat voor me zitten. 'Nee, ik denk niet dat ik dat een probleem vind, Maddy. Blijkbaar hou je van hem, maar hij wil niet graag een affaire beginnen. Je doet er alles aan om indruk op hem te maken.' Legt Justin uit en ik glimlach instemmend. Nu ik weet dat Justin van mannen houdt, zou ik graag een vechter voor Ethan willen zijn.

Justin verlaat de kamer en ik ga naar de badkamer. Ik neem een snelle douche en poets dan mijn tanden. Als ik zelf droog ben dan trek ik mijn outfit aan. Omdat ik vrije tijd heb om te filmen, kan ik mijn dagelijkse kleding aantrekken en voel ik me daardoor veel beter. De pijn is er nog steeds en er heeft zich een grote brok in mijn keel gevormd. Er wordt op de deur geklopt. en ik haal diep adem en doe hem dan open. Justin staat glimlachend voor mij. 'Laten we gaan ontbijten, zodat je aan iets anders kunt denken,' stelt Justin voor, terwijl hij zijn arm uitsteekt. Ik sluit mijn armen met Justin. Vervolgens doe ik de deur dicht, steek de creditcard in de kamer en loop samen met de lift naar beneden. In de eetkamer staart iedereen naar ons en lacht om als koppel samen te zijn. Justin en ik kijken elkaar aan en kussen elkaar met grote genegenheid. Dan gaan we aan de eettafel zitten en begint het spel. Dan is er de strijd om Ethan en zijn hart te beschermen, want uiteindelijk zal ik hem neerhalen en hem nooit meer laten gaan.

Hoofdstuk 13

Na twee maanden zijn we weer thuis in mijn geboorteplaats en iedereen gelooft dat ik verloofd ben met Justin. Het droompaar waar iedereen het over heeft. Wij zijn de enigen die de enigen zijn die de waarheid kennen. Toen we op het vliegveld aankwamen, liepen fotografen de terminal binnen en maakten foto's van ons allemaal. Justin en ik doen dat echter regelmatig. Wij zijn uiteraard het droompaar. Terwijl ik glimlach voor de camera's, kijk ik op en zie Ethan bij de deur staan. Mijn glimlach vervaagt iets. Hij zit nonchalant met zijn armen over elkaar, zijn ogen zijn ontzagwekkend.

Ik draai snel mijn rug naar Justin en glimlach keer op keer naar de camera's. Na 15 minuten kunnen we de terminal verlaten en stappen Justin en ik in de limousine die zwart is. Als de deur dicht is, gaan we naar buiten. 'Ethan was daar. Ik heb hem gezien.' Justin begint en ik kijk hem aan. 'Dus jij hebt hem ook gezien?' Justin lacht en lacht. "Hij is echt schattig en je hebt het volste recht om met hem te vechten." denk ik, en mijn telefoon gaat weer over omdat ik hem heb uitgezet.

„Hallo Maddy!

Wij heten je welkom bij Noah, samen met mij. We vinden het allebei heel leuk om je nog een keer te zien en we hopen dat je er vanavond ook bij bent. En met Justinus. Zowel Olivia als Jacob zijn het eten al aan het maken.

Hartelijke groeten, Emma!"

Ik glimlach en kijk weer naar Justin. 'Heb je tijd vanavond? We zijn uitgenodigd voor een etentje.' "Oh, ik wilde vanavond uitrusten en een film kijken. Gewoon rusten en relaxen." 'Oké. Dan breng ik de avond door met vrienden.' De limousine stopt bij mijn huis. Ik neem afscheid van Justin en beloof bij Justin te blijven. Omdat er twee weken vakantie zijn, kan ik in mijn bed slapen en daar profiteer ik optimaal van. Mijn chauffeur zet mijn bagage op de grond, ik ben hem dankbaar.

ik en de auto rijdt weg. Toen werd ik door iets onder de indruk en omhelsde ik hem heftig. "Mijn Maddy! Ik ben eindelijk weer bij je! Ik heb je zo gemist en ben altijd aan je blijven denken. Ethan was ontzettend blij met je verjaardagscadeau!" Emma kijkt me aan en de tranen stromen uit haar ogen. Noah staat naast haar en zij omhelst mij dan ook.

'Welkom thuis, Maddy. Hoewel Ethan je dat niet heeft verteld, is hij niet veranderd sinds je bij Justin Night bent. Hij is niet meer dezelfde.' Ik kijk naar Noah en sla mijn ogen op. "Ik heb mijn gevoelens voor Ethan toegegeven en hij is vertrokken." Noah en Emma droegen mijn koffers en namen me mee door de achterdeur. Daarna lopen we het huis binnen en ruiken de geur van thuis. "Om eerlijk te zijn, het is bedrieglijk. Dat is het probleem met Ethan. Hij volgt al je bewegingen in de kranten en zelfs op tv. Zelfs op internet. Hoewel hij terughoudend is om te bekennen, bewaart hij elk boekitem en bergt het op in een kluis, dus dat niemand het kan ontdekken. Ethan is verliefd op je, en hij kan het gewoon niet toegeven.'

Twee van hen zetten mijn koffers op de grond en ik zet voor alle drie een kop koffie klaar. "Kun jij geheimen bewaren?" Ik begin en neem een hap van mijn lip. 'Het is beter om het gewoon te vergeten. Ik heb beloofd niets te onthullen en het geheim voor mezelf te houden.' Ik zet de kopjes weer neer en drink een kop van mijn kop koffie. Emma en Noah kijken elkaar even aan voordat ze zich naar mij toe wenden.

'Is het echt waar?'Justin Night is homo?' fluistert Emma, en ik staar haar geschokt aan.'Hoe weet je dat? Ik heb niets weggegeven.' 'Dat zie je wel. Alleen de pers en de paparazzi zijn zo blind als mollen." Emma lacht en lacht naar mij. "Hou dit alsjeblieft voor jezelf. Justin wil niet dat het openbaar wordt.' 'Dat beloof ik.' Ik haal opgelucht adem, nip van mijn koffie en dan gaat mijn telefoon.

"Vanavond om 20.00 uur ben ik bij mij thuis. Maak het zelf

je eerste sessie in het echte leven.

Ethan!"

Na het lezen van het bericht krijg ik het warm en is mijn broek nat. Mijn eerste echte ervaring. Ik zet de telefoon uit en drink verder mijn koffie. 'Ik neem aan dat dat Ethan was?' Emma kijkt naar mij toe en glimlacht terwijl ik bloos. 'Het is oké, Maddy. Je zult het aan niemand kunnen vertellen. 'Beloof het,' stelt Noah me gerust, en ik sta op. 'Je bent de beste vriendin die ik ooit heb gehad. "Heel erg bedankt", bedank ik en begin mijn koffer uit de tas te halen. Ik denk aan de avond ervoor en mijn lichaam bruist van opwinding. Ik zet de wasmachine aan, loop terug naar de keuken en van daaruit zie ik Ethan zijn huis verlaten. 'Ik zal voor hem vechten en al is dat het laatste wat ik doe,' roep ik hardop. Emma staat aan mijn rechterkant en Noah aan mijn linkerkant.

"Sinds jij in zijn leven bent gekomen, is hij niet meer met een andere vrouw geweest, of met een assistent of een onderzeeër. "Je hebt hem echt op zijn kop gezet", zegt Noah en ik bloos. "Dan heb ik het juiste gedaan en zal hij door zijn hoofd blijven spoken." ." "Zullen we naar Olivia en Jacob gaan? Ben je eindelijk blij je weer te zien en hebben je ouders ook contact met je opgenomen?' We verlaten synchroon het raam en settelen ons even. 'Ja, ze hebben contact opgenomen en zijn tevreden dat ik in een film speel. "Ze willen de film zeker binnenkort zien als hij in de bioscoop debuteert", antwoord ik en Noah haalt de kopjes eruit.

'Jij ook, Maddy! Vooral omdat jij de vrouwelijke hoofdrol speelt.' Emma is overweldigd door de ervaring, ze staat op en, net als wanneer ik wakker ben, gaan we het huis uit. Ik doe de deur op slot, we reizen naar het huis van Olivia en Jacob en als ik bij het huis aankom word ik met een glimlach ontvangen. "Welkom thuis, Madison! We kijken ernaar uit je te ontmoeten, ook al zal het nog een tijdje duren.

"Ik moet weer schieten, maar tot die tijd kun je rusten en herstellen", lacht Olivia met een knuffel naar me en kust me liefdevol. Ook Jacob kan mij in zijn armen nemen en ik trek mijn jas uit. Ethan is ook in de kamer, maar hij blijft op afstand, en zijn glimlach komt ook niet authentiek over. 'Het is leuk dat je terug bent, Madison.' Oh man, hij roept de naam van mijn echte leven. Hij houdt niet van mij en zal nooit van mij kunnen houden in de volste zin van het woord.

'Hoi Ethan. Ik ben ook zo blij dat ik weer thuis ben,' antwoord ik en ik zie dat de andere kinderen elkaar met één blik aankijken. Ik glimlach een beetje. Ik draai mijn rug naar Ethan en Emma neemt me mee naar de woonkamer, waar we samen eten. 'Dus Maddy, vertel je nieuwe vriend iets over Justin. Waar lijkt hij op?' Ik kijk Emma aan en glimlach naar haar. "Justin is zo zorgzaam en buitengewoon aardig. Hij zorgt goed voor me en vervult al mijn wensen. Wat de situatie ook is, Justin zal voor mij de sterren van de hemel brengen." Emma kreeg een prachtige blik en ze zuchtte. 'Dat is absoluut romantisch Maddy. Maar dat geldt ook voor Noah. Absoluut perfect, en er zijn genoeg mannen die zo perfect zijn als Noah.'

Ik ben bij haar en de geur van het gebraad blijft bij ons hangen. Ik nies terwijl mijn mond waterig begint te worden. "Het eten is klaar, dames," onderbreekt Noah onze gedachten, en we lopen lachend naar de eetzaal. Dan gaan we aan tafel zitten en mijn stoel is vlak naast Ethan. Jacob legt het eten op ieders bord en we beginnen te eten. 'Vertel ons nu eens hoe het is op de filmset,' begint Olivia, en ze kijkt me nieuwsgierig aan. "Spannend opwindend, uitputtend en altijd nieuw en opwindend. Laatst maakten we Mike belachelijk door lijm in de tube te plakken, in plaats van gel. Hij huilde als een varken en de kapper moest de vingers van zijn hoofd afknippen. Wij allemaal vond het grappig." Ik zeg het je, en Emma en Noah moeten lachen.

Zo ook Jacob en Olivia. Ethan glimlacht echter niet en ik kijk naar mijn eten. 'Het belangrijkste om te onthouden is het voedsel dat je tot nu toe hebt gehad

Veel plezier en geniet van je vrije tijd.' 'Ja, ik ga ook genieten Jacob. Met een belofte." Het etentje is een ontspannen aangelegenheid en ik help Olivia met het opruimen van haar kamer. Een blik op de timer leert me dat ik nog 15 minuten heb, en mijn hart klopt van opwinding. Ik help bij het afwassen. Ik en dan Maak de tafel schoon en als alles klaar is, neem ik afscheid van iedereen. Ethan heeft het huis verlaten. Ik ga het huis uit en loop naar Ethan. Ik stop bij de deur en wil graag aankloppen, maar de deur gaat open, en ik stap erin.

"Je laat zien in welke kamers je bent. Over 10 minuten wil ik naakt en in een gespannen positie zijn", zegt Ethan, zijn stem is kouder dan normaal, maar ook koud. Ik glimlach, loop naar beneden en trek mijn kleren uit. Ik voel mijn hart kloppen. Ik leg ze opzij, ga naar de specifieke plek en kniel in een gespannen houding. Dus ik blijf daar en wacht op Ethan. Terwijl ik wacht op mijn eerste sessie. De tijd verstrijkt en mijn hele lichaam verkeert in een staat van spanning en ik zit vast aan elk geluid. De deur gaat open en iemand komt de kamer binnen en komt dan naar mij toe. Ethan. Hij zit recht tegenover mij. Het enige dat ik zie zijn zijn voeten die niet eens bedekt zijn en die een spijkerbroek dragen. Terwijl hij klaar is met de oogst, tilt hij mijn hoofd op en onze ogen botsen. "Heel aardig, Madison. In het begin krijg je van mij twintig zweepslagen. Je staat op het St. Andrew's Cross. Geblinddoekt. Je wachtwoord is rood. Als je dat hebt gezegd, stop ik meteen en dan is de situatie voorbij. 'Begrijp je dat?' Ik kijk hem aan en knik dan lichtjes.

"Goed." Ethan laat me los en verdwijnt dan uit mijn zicht voordat ik geblinddoekt ben. 'Vertrouw me, Madison,' fluistert hij in mijn oor, terwijl hij me overeind trekt en me door de kamer leidt. Als hij stopt en ik iets op mijn polsen kan voelen, ben ik gebonden aan het Sint-Andreaskruis. Ethan kan met zijn handen over mijn huid gaan en ik ben geschokt, en als hij zich omdraait en in mijn tepels knijpt, draai ik mijn hoofd in de lucht en mompel. Zijn lippen worden in mijn nek gekust voordat hij wegloopt.

"Let op Maddy", waarschuwt hij, en dan treft de eerste klap mij in mijn onderrug.

Ik begin te schreeuwen van angst en voel zijn handen ter plekke, en dan komt de volgende klap meteen op mij af. In korte tijd wordt de pijn omgezet in genot terwijl ik schreeuw, schud en voel hoe de stoten mijn dijen, billen en rug raken. Ik ben euforisch als uiteindelijk het slaan voorbij is en ik zie dat Ethan zijn hand naar mij uitsteekt. Twee vingers doorboren mijn huid. Ik zwaai tegen hem aan en hij strekt zijn vingers naar binnen. "Je bent glad en nat Maddy. "Nu ga ik je neuken", zucht hij door mijn oren, laat dan weer los en doorboort me dan met één klap. Ethan is niet aardig, zijn stoten zijn krachtig en wanneer de clit wordt gewreven, ik knijp al. Ethan is ook een bijtende kracht, hij pakt mijn schouder en kust dat gebied.

Opgelucht en blij dat ik als het ware aan kettingen hing, droeg Ethan me kort daarna in zijn armen. De blinddoek is weg en ik knipper glimlachend naar hem. Hij legt mezelf zachtjes op de buik terwijl ik slaap. Vervolgens drinkt hij een zalf en wrijft die over mijn rug, billen en de dijen. Vervolgens bedekt hij mij met zijn hand en kust mij op mijn voorhoofd. 'Rust maar uit, Maddy. Ik zal in de loop van de tijd opruimen en dan zorgen dat je je op je gemak voelt.' Ik laat het geluid horen en ga nu slapen. Maar niet voor lang, want ik ben nu weer in zijn armen terwijl Hij mij de trap af draagt. Hij gooide me op zijn buik en ik denk dat het midden in de nacht was. van de nacht.

Ik word in het kussen van Ethan's bed gelegd en vervolgens ingebakerd. Ethan is naar de badkamer. Ik hoor het water stromen en ik weet dat hij net aan het douchen is. Ik ging in de deken liggen en dacht er een paar minuten over na. Ik hoop nog steeds dat Ethan in de nabije toekomst mijn partner, echtgenoot, vriend en vader van onze kinderen wordt. Maar de reis is lang en ik vecht ervoor. Het is goed dat hij gelooft dat ik met Justin uitga en niet weet dat dit komt omdat Justin een homoseksuele partner heeft. Dit zou ook een goede zaak moeten zijn.

Doe dat een paar minuten. Ethan keert naakt terug naar de slaapkamer. Ik kijk naar hem.

Hij ging op zijn bed liggen, trekt de deken omhoog en ik in zijn armen. Ook hij legt met een zelfvoldane glimlach zijn been over mij heen en ik kan niet weggaan. Dat is eerlijk gezegd ook niet wat ik zou willen doen. Zijn rustige hartslag en persoonlijke geur zijn de perfecte balsem voor mijn ziel en lichaam en ik ervaar een gevoel van ontspanning. Een zucht van verlichting verlaat mijn lippen, ik sluit mijn ogen en verdween in het rijk van dromen.

Hoofdstuk 14

De film zal binnen een paar maanden voltooid zijn en de première zal dit weekend plaatsvinden. Er zijn drie dagen voor de première en ik ben nog steeds op zoek naar een outfit en jurk. Dus ga ik met Emma naar het enorme winkelcentrum waar we ons voertuig in een ondergrondse parkeergarage parkeren, en we bevinden ons midden in de drukte. Ik werd opgemerkt op slechts een halve meter van de ingang en werd omringd door mensen. Emma lacht altijd en is erg blij voor mij. Er wordt van mij verwacht dat ik handtekeningen uitdeel voor een paar mensen en dat ik met andere mensen op de foto ga, en ik kan niet gaan winkelen. Aan de buitenkant lijk ik aardig en kalm. Maar van binnen word ik gekweld van woede. Dan bereikt iemand mijn arm en ik draai me naar hen toe. Ethan zit vlak naast me en kijkt iedereen met een uitbundige blik op zijn gezicht aan.

"Miss Connor wil nu graag gaan shoppen, zodat ze kan schitteren als een diamant bij de première", zegt Justin op gezaghebbende toon. Iedereen maakt foto's van ons. Het nieuws zal zeker een groot probleem zijn, aangezien het waar is dat ik met Justin uitga. Hij houdt niet zo van mannen. Na de première wil hij zijn relatie publiekelijk bekendmaken en iedereen laten weten dat hij een minnaar is. Daarom sta ik helemaal in zijn hoek en ben ik bij hem en zijn vriendin. De menigte verspreidt zich uiteindelijk en Emma lacht de hele tijd. "Echt gek! "Je staat nu niet alleen bekend om je mode, maar ook om de film", straalt ze, en ik trek mijn wenkbrauw op.

Ethan heeft me verlaten en ik voel me eenzaam. Het lijkt erop dat ik de gedachte aan hem niet uit mijn hoofd kan krijgen en ik verlang naar hem. Je kunt zo'n man niet kiezen en het is moeilijk om zo iemand te vinden. Mijn hart zegt me echter dat ik nooit moet opgeven en moet blijven vechten. Daarom ga ik aan dit probleem werken en ook met Emma winkelen voordat ik ga winkelen. Als we eindelijk tijd en rust krijgen. Emma legt de armen van mij neer en we gaan naar een dure winkel. Wij zitten hierin

We worden hartelijk ontvangen en begroet door verkopers. "Welkom mevrouw Connor! "Het is een eer dat u bij ons bent", zegt de blondine. We krijgen ieder een ijskoud glas. We worden naar een witgekleurde chaise longue geleid en gaan zitten.

"We hebben een gloednieuwe collectie ontvangen en alles is onderscheidend. We hebben een speciale jurk speciaal voor u laten ontwerpen, mevrouw Connor, als u besluit bij ons te winkelen." zegt de brunette. Ze haast zich naar achteren. Emma en ik kijken elkaar aan en zijn verbaasd. Dan komt ze terug met een langwerpige turquoise jurk bij zich. Het is voorzien van bandjes die dun zijn, rondom de buik zijn versierd met een geribde strook en vanaf de heupen iets naar beneden doorlopen. Het bovenste gedeelte van de jurk blijft glinsteren. Emma, ik en ikzelf zijn allebei opgewonden. Ik sta op, zet mijn glas neer en loop rond in de jurk. "De jurk is prachtig! "Dat is precies wat ik wil", zeg ik en de verkoopsters zijn in de wolken. Ze begeleiden me in de kleedkamers, overhandigen me de jurk en ik test hem meteen uit.

Het zit als een handschoen en zit dicht bij het lichaam, en als ik de winkel verlaat, zijn alle ramen beschermd. Emma klapt van vreugde in haar handen, is opgewonden en komt met de bijpassende schoenen. Ik trek ze aan, kijk in de spiegel en mijn ogen glinsteren. "Dit ga ik zeker aantrekken. Ik zal zeker het gesprek van de avond zijn", zeg ik, Emma glimlacht en dan trek ik de jurk en schoenen uit. Ik pak alles in en voer dan de betaling uit. Emma heeft ook een nieuwe jurk gekregen. We gaan naar de juwelier voor wat juwelen. De oudere verkoper kijkt me verbaasd aan en laat me de mooiste en duurste sieraden zien, en ik kies degene die perfect bij mijn outfit past. Emma is het er in zekere zin ook mee eens en zodra we klaar zijn met winkelen strijken we neer in een café voor een kopje koffie met gebak. Ik pak mijn tas, pak hem uit en geef Emma twee kaartjes voor de première, gevolgd door de viering.

Mijn vriendin, die onder de indruk is, pakt de kaarten en gilt van plezier. Iedereen om ons heen kijkt naar ons en glimlacht blij als ze mij zien. "Dank aan Maddy! "O mijn God, we zullen er zijn en het dan vieren met beroemdheden", roept ze en kust de kaarten terwijl ik haar zie glimlachen. Dan stopt ze de tas in haar tas en wrijft erover. Ik glimlach , geniet van mijn eiertaart en drink van mijn kopje koffie. Nadat we ons hebben versterkt, gaan we terug naar ons huis en Emma legt zichzelf in Noah's armen. Hij krijgt de kaarten te zien en hij zegt: dank je wel. Ouders, Olivia en Jacob kreeg ook kaarten, en ik ben Ethan niet vergeten.

In het weekend ben ik elke dag in mijn badkamer. Neem een warm bad en breng daarna crème en make-up aan. Emma bracht haar jurk en tas mee en we trokken allemaal onze kleren aan. Ze scheert mijn haar dat lang geworden is, en een paar lokken hangen vrij over mijn schouders. De laatste keer heb ik de sieraden omgedaan en tegen de tijd dat we klaar zijn, is het avond. Voor mijn huis staat een witte limousine geparkeerd, Justin stapt uit in een stijlvol zwart pak en met vlinderdas. "Je ziet er schattig uit Maddy," zegt Justin, en ik glimlach een beetje. "Heel erg bedankt, meneer Night. "Ik voel me vereerd", bedank ik en ga als eerste naar binnen. Als Justin in zijn auto zit, gaan we weg en hebben we onze stoelen al beveiligd. Rode lopers zijn ingepakt. De slagboom is tenminste gedeeltelijk gesloten, er zijn ook veel fans en paparazzi.

Ik wandel langzaam in het rood over het tapijt met Justin. We stoppen af en toe voor een glimlach, en we kijken allebei naar de camera. We staan helemaal vooraan in de grote bioscoop. Alles achter ons is druk en ik kon Emma duidelijk zien. Iedereen was aanwezig, zelfs mijn ouders, en na 10 minuten begon de film. Mezelf zien spelen is volkomen nieuw voor mij, en ik kijk er naar uit om te zien hoe het publiek op de film reageert. Als ze op de juiste plek zijn, schreeuwen en zuchten ze

of zelfs huilen. Ik ben voortdurend gespannen of kronkel met een tissue en kan niet wachten. Als de film ten einde loopt, wordt iedereen toegejuicht en gejuicht. Ze vinden de film fantastisch en beweren dat hij een Oscar waard is. We glimlachen, bedanken je en maken een paar foto's voordat we vertrekken. We worden tegelijkertijd gevierd en toegejuicht.

De avond dat ik het feest bijwoon, ontmoet ik mijn familie en word ik door mijn familie omarmd door beide ouders. "We zijn heel blij voor je Maddy! "Je hebt het geweldig gedaan met de film en bepaalde scènes met Justin zijn niet uitgeknipt", begint mijn moeder en ik straal. Justin is erbij, slaat een arm om me heen en kust me op mijn voorhoofd. "De film zag er geweldig uit. 'Dat had ik nooit gedacht,' zegt Justin, en ik glimlach. "Dat klopt. De film is echt geweldig geworden en ik heb ook met veel plezier gefilmd. Dat moeten we nog een keer doen." Justin is enthousiast over het concept en is het volledig met mij eens. De avond ontmoeten we veel beroemde acteurs. Er wordt nog steeds contact met ons opgenomen en ik ben overspoeld met vreugde.

Aan het begin van de ochtend ben ik eindelijk thuis, waar mijn ouders de komende dagen bij mij zullen verblijven. Ze hebben de logeerkamer gekregen en hebben zichzelf al geïnstalleerd en ik geniet ervan. Ik maak me klaar om te gaan slapen als ik iets opmerk in de gang. Een envelop. Grappig. Wie schrijft mij en sluipt dan de voordeur binnen? Ik pak de envelop, ga naar de keuken en zit dan aan de ontbijtbar. Mijn ouders zijn al boven en slapen misschien. Ik pak de brief open, vouw hem op en lees hem dan. Het zijn uiteraard verknipte brieven uit een krant.

Heb ik je deze keer overal gezien en let goed op!

Ik wil je graag ontmoeten om je vriendje uit zijn weg te halen!

Houd hier rekening mee elke keer dat u uitstapt!

Ik leg mijn handen neer en staar uit het raam. Ik realiseer me dat iemand naar mij kijkt en Justin pijn probeert te doen. Ik kan dat niet laten gebeuren, omdat wat zou moeten gebeuren niet klopt. Ik sta langzaam op, neem de brief mee naar mijn slaapkamer en kleed mezelf dan uit. Daarna ga ik douchen, leg de brief weg en maak me klaar om naar bed te gaan. Maar ik zorg er ook voor dat ik Ethan nog een sms stuur. De mobiele telefoon ligt op het tafeltje naast mijn bed, dus ik zal hem pakken en Ethan een sms sturen.

Ethan!

Ik heb een dreigbrief ontvangen! Zodra ik voldoende rust heb gehad, kan ik naar je toe komen om de brief aan je te laten zien. Het is belangrijk. Maddy!

Het bericht is afgeleverd Het bericht is verzonden, ik leg mijn telefoon neer en kruip op mijn deken. Ontspan je ogen en dan wil je alleen nog maar gaan liggen. Je moet een tijdje niet aan zulke dingen denken. Het is gewoon hoe het werkt. Ik viel snel in slaap na een slopende dag.

HET EINDE

De bewerkingen en lay-out van deze gedrukte versie vallen onder Copyright © 2024 van Daniel Martínez

Milton Keynes UK
Ingram Content Group UK Ltd.
UKHW030624010824
446326UK00011B/283